POINT OF VIEW IN FICTION AND FILM

FOCUS ON JOHN FOWLES

# ジョン・ファウルズの小説と映画

## 小説と映像の視点


チャールズ・ガラード

*Charles Garard*

◉監訳

江藤茂博

◉共訳

中村真吾

片田一義

藤崎二郎

榊原理枝子



松柏社

# 目次

訳者注として補足した箇所はすべて〔　〕を付した。
映画の題名で邦題がある場合はそれを使った。
原題はイタリックで示し、製作年を付した。

# 第一章　言語表現と映像表現における視点

## 1

芸術作品がある表現媒体から別の表現媒体に移し換えられるとき、両者の比較が避けがたくなる。文学研究者であれ、一般の読者であれ、小説が映画化されると、両者を較べてみたいという誘惑にどうしてもかられてしまう。映画が小説世界を忠実に表現していないとき、小説の読者のなかには失望を表明する者が多い。そうした読者の多くは、実は小説を読んでみずからが思い描いた画像と一致するような映画を求めているということが分かる。そうした読者が期待しているのは、映画監督の視線が、作者の視線のみならず、読者自身の原作への見方をも反映することである。その結果、小説と映画という別種のメディア形態のそれぞれの特性を考慮に入れそこねてしまう。じっさい、原作小説を構成している要素は映画では見出しえないのではないかと見る批評家もいる。

小説を映画化した作品のなかでもとりわけ批判にさらされてきたのが、ジョン・ファウルズの小説『コレクター』〔*The Collector*〕『魔術師』〔*The Magus*〕『フランス軍中尉の女』〔*The French Lieutenant's Woman*〕を原作とする映画である。じっさい、ファウルズの小説には、意味が幾重にも重なり合うところがあり、そうした点だけでもこれを映画に移そうとする者の意欲をかきたてる。だが、ファウルズがこれらの小説で用いているさまざまな語り口や視点のために、その仕事はきわめて困難なものになる。『コレクター』は二つの一人称の視点で語られ、『魔術師』は入れ子式の一人称のものの見方《パースペクティヴ》、すなわち主要な語りのなかに複数の語りをふくむ仕方で展開される。そして『フランス軍中尉の女』は全知の視点によっている。『フランス軍中尉の女』で、ファウルズは、特権的な語り手として、しばしば物語を中断して読者に直接語りかける。このようなファウルズの小説を映画化するにあたって、監督や脚本家は、視点を完全に変えるか、あるいは小説の視点とおなじ役割を果たすものを映画で見つけ出すかすることで、言語を映像に移し換える仕事に挑んだ。どのような視点から語るかで、小説や映画の構造は決まる。だからファウルズの物語が印刷ページからワイドスクリーンに変えられても、視点の問題は依然として検討に値する。

ポーチに立って通りのむこうをながめたり、雲のかたちを見つめたりするときに、私たちが見ているのは客観的な真実ではなく、私たちのものの見方《パースペクティヴ》に基づいて、限定的に知覚されたものである。自然界にある物体や出来事を、言葉で記述したり、静止画や動画に撮影したりしたところで、対象そのものをとらえたわけではなく、ルドルフ・アルンハイム〔ドイツ出身の心理学者で、芸術としての映画を心理学の立場から研究した。」の言う「無限なる真実の生からのひとつの選択」（Arnheim 73）をおこなったにすぎない。私たちの限界が選択に影響するのは言うまでもない。だが私たちの限界も選択も、視点によって、すなわちヘンリー・ジェイムズが言う「中心的な視野《センター・オヴ・ヴィジョン》」によって決定づけられる。幸い、その選択をどのように形づけるかによって、そうした限界が芸術作品を生み出すこともありうるのである。

映画理論家たちの説によると、映画を観るという行為、とりわけ映画館で観るという行為は、観客を自我意識の負担から一時的に解放させるのだという。観客が映画の登場人物に自分を重ね合わせても、なんら責任を負う必要はないわけである。シネラマ、パナヴィジョン、六チャンネルのドルビーステレオの七〇ミリ、立体映画などの形態で製作された映画であれば、観客を積極的に巻き込むように働きかける力はいっそう強い。このような方法で撮影されたり上映されたりする映画が、主観的な視点をとる場合、観客は映画に参加しているような気になるだけでなく、登場人物たちを意のままに操れると思うこともありうる。たとえばジャック・アーノルドの立体映画『イット・ケイム・フロム・アウター・スペース』〔*It Came From Outer Space*（1953）〕では、地球人と宇宙人とが対面する場面は宇宙人の視点から描かれているので、観客は地球人を支配できる立場に置かれる。この映画は主観的な視点を映すカメラを多用した最初の作品ではないし（たとえば一九四六年の『湖中の女』〔*Lady in the Lake*〕がある）、また最後の作品というわけでもない（観客を殺人者の立場に置く『十三日の金曜日』〔*Friday the Thirteenth*〕シリーズを見よ）。だがこの登場人物たちは自分の見ているものを信じず、みずからの生殺与奪の権を宇宙人に譲り渡してしまいさえする。これがなければ標準的なＳＦ映画になったところだろうが、このために『イット・ケイム・フロム・アウター・スペース』はＳＦというジャンルの周辺に位置を占めることになる。この視点のために、観客は支配しようとする宇宙人と、おびえる犠牲者としての地球人の両方に自分の身を重ねることになる。すなわち観客は見る者と同時に、見られる者にも一体化することになる。自分たちの分身として地球人を見るとき、観客は宇宙人に支配される恐怖を体験することができる。一方、宇宙人の視点で地球人を見ている場面では、地球人が宇宙人に支配されていると事態を宇宙人の立場で理解できるのである。

『ヴァラエティー』（米国の週間芸能雑誌）に映画評を寄せたブロッグは、『イット・ケイム・フロム・アウター・スペース』の台詞の陳腐さに不平をもらしているが、地底の映像を特筆し、特に砂漠の場面が効果的だと評し、また宇宙人の視点から描かれている点も特筆している（Brog 6）。この宇宙人の視点という問題こそが、数十年後の研究者や批評家の関心事となる。一九七五年に刊行された『恐怖——銀幕《スクリーン》から絶叫《スクリーム》へ』のなかで、エド・ナナ『イット・ケイム・フロム・アウター・スペース』をとりあげ、（ジャック・アーノルドのものというより）プロデューサーのウィリアム・アランドによる「レイ・ブラッドベリーの物語の立体映画版」と呼び、これが「ほどほどに面白い教訓譚」と評している。それが面白いのは「怪物と街の住民が対面する場面のほとんどが怪物の視点から見られている」（Nana 149）からだと言う。この趣向によって、観客は地球人を餌食として見ることになる。アリゾナ州の活気のない砂漠の街サンド・ロックの住民は、押し寄せる濃霧に包まれ、視界がきかなくなるのだが、その間観客は宇宙人の気泡のような眼の背後から、餌食である地球人に忍び寄ってゆく。『十三日の金曜日』シリーズでは、クリスタルレークで（すなわちジェイソンが一九八九年にマンハッタンを訪れる以前のことだが）欲情したティーンエージャーたちを殺す場面で、観客はその殺害に参加している気分になるのだが、それとおなじような仕方で、『イット・ケイム・フロム・アウター・スペース』でも、主人公たちがとらえられるとき、観客は主人公たちの誘拐に荷担しているような気になる。二人の炭坑夫――一人はギャビー・ヘイズ（米国の俳優。一八九五―一九六五年）の双子の兄弟であってもおかしくないが、――彼らが坑道の入口から出てくるとき、観客はこの二人の捕獲という体験を共有する。炭坑夫たちがカメラのほうを見るとき、観客は霧のなかから腕を伸ばして炭坑夫たちを抱き取ろうとする。また観客は、砂漠の道を車で走る二人の電線の架線工夫（ラッセル・ジョンソンとジョーゼフ・ソーヤが扮している）を、白日のもとで高みから見下ろして追っている。これが地球人の視点であるはずはない。この両方の視線によって、宇宙人のみならず観客もまた、地球人を意のままに操れるような感覚を覚えるのである。もちろん、作者はだれでも、自分の創造した人物たちをこのように支配できるのではあるが、ジョン・ファウルズは『フランス軍中尉の女』で露骨なまでにこの支配力を誇示している。

文学作品の読者は視点を自明のものとして受け取っている。つまるところ視点とは「文学作品の細部が感知され、考慮され、記述される地点」であるというのがエドガー・V・ロバーツによる定義だが、通常は読者がこの地点を探し当てるのはさほど難しくない。作者は、任意の表現形態、つまり「物語を語り、問題を定義し、また心理状態を述べる特定の声（ペルソナ、話者、仮面）」（Roberts 65）を選ぶ。それは作者の焦点や目的によって決定されるものである。たとえば一人称、三人称の視点であれば、それぞれの代名詞が使われているので容易に識別できる。とはいえ、これらの視点の区別はこれだけにとどまらない。

　小説の入門書は視点を類別するためにさまざまな用語に依拠する。じっさい、バーバラ・マッケンジーは一人称の視点を「劇化された語り手《ドラマタイズド・ナレイター》」、三人称に制限された視点を「制限された語り手《リストリクチィッド・ナレイター》」と名づけている。「制限された語り手《リストリクチィッド・ナレイター》」とは、「登場人物の認識を通して、または、その登場人物が意識を共有させている『共同体《コミュニティ》』の認識を通して、出来事や情報を伝達するだけに制限されている」（McKenzie 15）のであるが、マッケンジーは、劇化された語り手と制限された語り手の両方を「内部の視点」のなかに位置づけている。「外部の視点」には「消し去られた語り手」と「特権をもった語り手」がふくまれる。「消し去られた視点」は、「演劇的な視点」とか「客観的な視点」とも呼ばれ、「演劇に似た構造を有する」小説で用いられる。この視点では、登場人物は「台詞と行動によって直接自己を示す」（12）ことができる。後者の「特権をもった語り手」は、「全知の視点」とも呼ばれ、「要約、解釈、憶測、判断を思いのままに」おこない、「離れたところから出来事を記述し分析するために視野に広がる全景《パノラマ》」を用いたり、「登場人物を選んでその意識のなかに入り、つかのまそれらの隔離された見晴らしのきく地点から出来事《アクション》を明らかにしてゆくこと」(ibid.,10) ができる語り手を示す。この表現形態の不都合な点は、語り手が「出来事《アクション》そのものを読者に示すのでなく、また台詞を通じて登場人物たちが見えてくるようにするのでなく……むしろ語り手が読者に登場人物たちについて語ってしまう」(ibid.,11) きらいがあるということである。

興味深いことに、この特権的な視点あるいは全知の視点を用いたのは、十八世紀、十九世紀の小説家だけではない。ルイス・D・ジャネッティによれば、ほとんどの映画は、この形態を用いているという。十八世紀と十九世紀小説が数多く映画化されているなかで、とりわけ注目に値するのは、ヘンリー・フィールディングの『トム・ジョーンズ』〔*Tom Jones* (1749)〕を映画化したトニー・リチャードソンの作品〔『トム・ジョーンズの華麗な冒険』〔*Tom Jones* (1963)〕、そしてウィリアム・メイクピース・サッカレーの『バリー・リンドン』〔*Barry Lyndon* (1844)〕のスタンリー・キューブリックによる映画化作品〔『バリー・リンドン』〔*Barry Lyndon* (1975)〕である。作者の口調《トーン》と視点はそれぞれの映画に残存している。原作の特権的な語り手の声は、映画ではヴォイス・オーヴァー〔画面に現れない語り手の声〕となり、視覚に訴える映画の強みを妨げずに出来事や場面をつなげ、注釈している。全知の「観察者」は、「多くの場所や時の橋渡しをすること」ができ、また「大勢の登場人物の意識のなかに入り込」んで、登場人物たちの考えや感情を示すことができる、とジャネッティは言う。彼は読者と関係を結びつつ、離れた地点で突き放して見るリポーターやパーソナリティとなる場合もある。たとえばフィールディングの『トム・ジョーンズ』のなかで「ひねくれた観察や判断」をおこなう「気の置けない語り手《ストーリーテラー》」のように（Giannetti 370）。しかし注目すべきことだが、リチャードソンの『トム・ジョーンズ』は、既製のさまざまな技法やトーンを混ぜ合わせたパスティシュであって、それは映画の約束事の多くに違反するものなのである。一例をあげると、トムは観客に直接話しかける。これはバーレスク〔通俗音楽喜劇〕を映画にしたようなものであるが、もしフィールディングのスタイルよりも度を超してしまい、またもっと下手に処理されていたとしたら、この映画は失敗作に終わっていたであろう。『トム・ジョーンズ』と『バリー・リンドン』は、主題も描かれる時代も似てはいるが、両者のスタイルと視点には顕著な相違がある。『トム・ジョーンズ』では、気まぐれなナレーションの入った、笑いを誘う軽快な画像が、時代の浅ましさを詳細に述べるときには、ざらざらした映像へと転換される。その一方、『バリー・リンドン』のナレーションは堅苦しく、映像は、視覚的には詩的だとはいえ、静的なものである。

十九世紀小説では、たとえばチャールズ・ディケンズの『大いなる遺産』〔*Great Expectations* (1861)〕が映画化されている。ディヴィド・リーンによる映画化作品『大いなる遺産』〔*Great Expectations* (1946)〕では、画面に現れない声《ヴォイス・オーヴァー》が、一人称の劇化された語り手をあらわしている。主人公ピップの経験が観客の前に繰り広げられているとき、ピップ役のジョン・ミルズが、それを物語る。もっともジョン・ミルズのナレーションは実は必要ではなかったと論ずることもできる。ジョージ・ブルーストーンとジェフリー・ワグナーが詳細に論じたように、いくつかの十九世紀の小説（『嵐が丘』〔*Wuthering Heights*（1847）〕『ジェイン・エア』〔*Jane Eyre*（1847）〕『高慢と偏見』〔*Pride and Prejudice*（1813）〕など）は映画に翻案された際にうまくいった場合もあるし、失敗であった場合もある。彼らが検討している小説には、全知の語り手や特権的な語り手を用いているものはひとつもない。それに対して、ジャネッティの説によれば、映画はたしかにそうした語り手を用いている。

　十八世紀・十九世紀の全知の視点を、二十世紀の小説で用いているのが、ジョン・ファウルズの『フランス軍中尉の女』である。マッケンジーはこう指摘する。

> 特権的な語り手が、巧みに策をめぐらし、場面転換を手助けし、解釈し注釈を加えたりするために、語られる人物たちとその行動によって生み出されるリアリティの幻想《イリュージョン》が壊されてしまう。このような場合、語りの仕掛けそのものに注意が喚起され、物語が作り物だということを意識させられる。このような効果を語りの技法と称するのはごくまれな場合にすぎない（McKenzie 10-11）。

　明らかにファウルズは、この小説で織りなされる物語が作り物であることを読者に意識させようとしている。読者に距離を置かせるこのやり方は、ベルトルト・ブレヒトが自身の叙事詩的演劇から観客を引き離した手法とおなじである。[1] ウォレン・ビーティやデイヴィッド・リンチといった映画監督も同様に観客の距離化をはかっている。その手段として、ビーティの『ディック・トレイシー』〔*Dick Tracy*（1990）〕では、漫画を原色の背景幕に映し出し、またリンチの『ワイルド・アット・ハート』〔*Wilde at Heart*（1990）〕では、フェリーニばりのグロテスクな場面や血まみれの殺戮場面、あるいはシュールレアリスム的な映像と並置して、奇抜なエルヴィスの物真似や『オズの魔法使い』〔*Wizard of Oz*〕の見え見えの当てこすりが出てくる。物語が作り物であることを平気で露わにしてしまうのだ。

ファウルズは特権的な語り手あるいは全知の語り手として、『フランス軍中尉の女』の大部分に登場している。とはいえ、たとえ全知の視点が現代映画の大半で用いられている様式なのであっても、あいにくこの長編小説は、先に映画化されていた『コレクター』や『魔術師』よりも、映画化する上でいっそう多くの問題をはらんでいた。ファウルズの文体がもつ視覚に訴えかける性質にもかかわらず、この小説の映画化には長年を要したのだった。そしてハロルド・ピンターの脚本をもとにカレル・ライスが監督してようやく出来上がった映画版は、大抵の映画に見られる常套的な全知の技法を使っているにせよ、それは原作の一人称の視点と三人称の視点に相当する映像を客観的パースペクティヴもしくは中立的パースペクティヴと組み合わせることでそうしているだけである。ナレーターが画面に登場することはないし、ヴォイス・オーヴァーのナレーションが聞こえてくるわけでもない。

文学作品の場合は視点を見きわめるのはまず難しいことはないので、読者が叙述のスタイルの問題にぶつかることもめったにない。ウィリアム・フォークナーの『響きと怒り』〔*The Sound and the Fury*（1929）〕やジェイムズ・ジョイスの『ユリシーズ』〔*Ulysses*（1922）〕のような複雑な小説は、作者による時空の操作のために読者には難解かもしれないが、小説のひとつのセクションの枠内では語り手を特定するのに支障はない。フォークナーは『死の床に横たわりて』を通常の章立てにはしないで、別々の登場人物を語り手としたセクションに分けて、複合的な一人称の視点を用いている。もちろんここではなんら問題が生じない。ありがたいことにフォークナーはそれぞれのセクションのタイトルにその語り手の名前をつけているからである。エミリー・ブロンテの『嵐が丘』、ヘンリー・ジェイムズの『ねじの回転』〔*Turn of the Screw*（1898）〕、ジョウゼフ・コンラッドの『闇の奥』〔*The Heart of Darkness*（1902）〕などの小説では、一人称の視点の変形、つまり語りのなかにもうひとつ語りがあるという、二重の枠組みを用いている。ジョージ・ブルーストーンが例証しているように、ウィリアム・ワイラーの一九三九年の映画『嵐が丘』（これは一九七〇年にロバート・フューースト監督によって再映画化されている）では二重の枠組みの一人称の語りを避けている。ジェイムズの『ねじの回転』をトルーマン・カポーティが脚色したジャック・クレイトン監督の『回転』〔*The Innocents*（1961）〕では、一連の長いフラッシュバックのなかで二重ではなくひとつの枠組みの語りが使われている。

もっと新しい映画で、視点を利用した映画的な面白さを味わわせてくれる作品をあげるならば、マイケル・クライトンの『ルッカー』〔*Looker*（1981）〕とマイケル・アンダーソンの『ミレニアム〔二〇〇〇年紀〕』〔*Millennium*（1989）〕であろう。『ルッカー』には、撃つと相手を一時的な昏睡状態にすることができるLOOKERという銃が出てくる。撃たれた者には時間の経過が意識できない。催眠術にかかっているあいだのアルバート・フィニーの視点から、いくつかの場面が巧みに示されるのである。一方、アンダーソンのタイムトラベル映画では、二十世紀の人物クリス・クリストファーソンが時系列にしたがって見ている出来事を、未来のタイム・トラベラーのチェラル・ラッドが、分解してでたらめな順にしてしまう。

　フランシス・フォード・コッポラの『地獄の黙示録』〔*Apocalypse Now*（1979）〕はジョウゼフ・コンラッドの『闇の奥』をかなり自由に翻案した作品であるが、この映画では原作の小説で使われている二重の枠組みはおろか、枠組み自体がない。そこでは画面に現れない語り手《ヴォイス・オーヴァー・ナレーター》が、画面に映る出来事に注釈を加えたり、反応したりするのである。しかしながら、この映画では、この画面に現れない語り手は、ウィリアム・ワイラーの『コレクター』の冒頭と最後の場面に現れるような、あるいは、ガイ・グリーンの『魔術師』でモーリス・コンヒスがニコラス・アーフェに個人的な経験を物語る場面に見られるような一人称の語り手となっている。こうしたかたちの詳細な語りは、探偵小説の映画版に現れるものと似ていなくもない[2]。この手法では、それぞれの出来事を自力で理解できると信じたがっている観客に対してあえて彼らが求めているものを与えず、彼らを寄せ付けないようにしてしまう。だがほとんどの映画愛好者というものは、登場人物を演じている俳優や女優にわが身を重ね合わせることによって映画に巻き込まれたいと望んでいる。(3)　講義を聴く学生のような立場になどなりたくないのだ。

たとえ一人称で語る人物が他の人物の考えを直接明らかにすることはできないのであっても、『地獄の黙示録』のナレーションは、主要人物と作者の両方を示していると主張する向きもあるだろう。ジャネッティが言うように、映画では、全知のナレーションと一人称が頻繁に結びつけられる。たとえば、一人称の主観的な視点のショットから客観的なカメラ・アングルへ、あるいは一人物の反応をはかるためのクロースアップから「数名の人物たちの同時的な反応」を示すためのロングショットへと、じかに切り換えるようなことを監督はするであろう（Giannetti 370-71）。超然的なナレーションの最たるものは、もちろん客観的な声であり、読者は事実を示されたままに受け取るから、客観的な声は「文学よりも映画に適している」とジャネッティは付け加えている（ibid.,373）。

ガイ・グリーンの『魔術師』では、時折使われるサブリミナル的フラッシュとそれより長いフラッシュバックによって、観客はアーフェの思考の内面に入り込むことができる。この監督はまた、コンヒスが説き明かす話（あるいは歴史上の出来事）を映像で表現している。しかしながら、ブラーニでアーフェをもてなした人が、いつ真実を告げるのか、観客には分からないから、そうしたフラッシュバックがじっさいの経験のものか架空の映像なのか判然としない。これから見るように、グリーンとワイラーのスタイルでは、比較的正面から見据えるようなカメラ・アングルを使い、画面の動きもほどんどないので、観客は客観的な視点を保っているものと思いこんでしまうかもしれない。だが映画というメディアの性質上、監督は消し去られた語り手ではない。ジャネッティによれば、カットごとに、あるいはワンカットの途中にカメラの位置が変わるたびに、観客は観ている対象に対する価値判断のための新しい視点を与えられるのであろう（ibid., 370）。厳密な客観的視点や演劇的視点を用いる監督は、劇の上演を単に記録するためだけに一台のカメラを据え付ける撮影監督のようなものだろう。

劇作家・脚本家のジョン・ハワーズ・ローソンは、映画のなかでは「出来事の境界線を画するフレームの範囲は、劇場のプロセニアム・アーチ〔舞台と客席を区別する扉口。アーチ形をなし、幕が全体をおおうようになっている。〕よりも明確に仕切られている」と言う。映写幕に映る映像は「舞台の映像とおなじではない」し、日頃身のまわりに普通に見えているものとおなじでもない。日常の周囲に見えるものには、「空間を区切る特定の境界があるわけでもなく、また秩序づけられた意匠があるわけでもない」Lawson 381）。ルドルフ・アルンハイムも同意見で、カメラがとらえるものと、私たちの眼が見るものとは大ちがいであって、そうした相違は「芸術的な目的のために現実をかたちづくる」のに用いる道具として使えるほどの基本的なレヴェルで存在するとしている（Arnheim 127）。

映画メディアの草創期には、カメラマンは現実の出来事を記録することで事足れりとしていた。観客はといえば、選択されたものであるとはいえ、肉眼で見ることのできる映像で見て満足していただけではなく、驀進する機関車やくだける波に驚嘆しスリルを味わった。映画製作者は舞台公演をカメラに収めた。サラ・ベルナールのような名優の舞台姿まで撮影している。しかしアルンハイムが言うように、「映画だけができる特殊な方法で、対象を再現すること」を切望するようになるには、時間がかからなかった。「そうした映画の手法が表に出てきて、要求された対象を単純に再現する以上のことができるということを誇示するようになった。映画は対象をより鮮明にし、様式化を課し、特質を示し、それを鮮明にし光彩を与える」（Arnheim 57）。要するに映画自身が有する視点を課すのである。

　映画と演劇は、登場人物と台詞が台本で脚色されているという点では似ているが、映画の場合、カメラを自由に移動でき、ショットを編集することもできる。これらは、映画の視点に作用し、それを決定づけるいくつかの技法のうちの二つにあたる。これがあるために映画メディアは文学メディアにより近くなる。ロバート・ゲスナーが言うように、映画は「その構造上、時間と場所を自由に操れるから、小説に近い」のかもしれない（Gessner 356）。たとえば一本の映画で何十年もの歳月を扱えるし、場所の移動も容易にできる。オーソン・ウェルズの『市民ケーン』〔*Citizen Kane*（1941）〕では、一人の男の少年時代から死に至るまでの生涯のいくつかの場面が描かれるが、年代順にではない。じっさい、観客はその男の生涯の重要な期間を四つの別々の一人称の視点から見ることになる。黒澤明は『羅生門』〔芥川龍之介の作品「藪の中」を原作にした映画（1950）〕でこれとおなじ複数の視点の技法を使っている。一方、ジェイムズ・ボンドのシリーズでは、ときには取るに足らぬ理由で、異国から異国へとよく移動する。矢継ぎ早に繰り広げられるめまぐるしいシークエンスに作者のコメントは聞かれないが、全知の視点から描かれていることには変わりない。

ジョージ・ブルーストーンはこう言う。「ある視点から別の視点へと移動しながら叙述が進められるという点で、カメラは、伝統的にいって、たとえばトルストイの作品の語りのありかたに似ている」。カメラが「連続した一連の出来事を単一の視点からとらえること、言い換えれば、カメラの眼が一人の登場人物の眼と同一のアングルをとって」語ることはめったにない（Bluestone 121）。映画の大部分で主観的なカメラがずっと使われている希有な例のひとつは、レイモンド・チャンドラーの『湖中の女』を映画化した一九四六年の作品である。観客は視点がどこにあるかすぐに分かる。しかしこの視点だと、映像が視覚的に物語を示すというよりも、画面に現れないマーローの声が物語の多くを語らなくてはならない。登場人物の視点を示して、その人物の眼に映る出来事や人物や事物を明らかにするために主観的なカメラを使う監督は多い。しかしながら、このようなショットには、クロースアップやロングショットのような別のアングルのショットが挟み込まれる。一人称で書かれた小説であっても、このようなやり方で映画化される。なぜかといえば、ブルーストーンが言うように、「小説の言語から映画の造形《プラスティック》的な映像への変容、言説メディアから表象的メディアへの変容をもたらすためには、多少の修正はやむをえないから」である（ibid.,206）。

言語から映像へのこの変容をもたらす際にどうしてもつきまとう諸問題は、それぞれのメディアの基本単位を検討することによってアプローチできる。ウィリアム・ジンクスによれば、小説家にとっての「創作に何よりも欠かせぬ単位」とは単語なのであって、「それを用いることによって小説家はセンテンス、段落、章を生み出し、最終的に書物を作り出す」。映画製作者にとっての基本単位というか「建築用ブロック」とは、「ひとつのコマ、つまり一本のフィルムに写された一枚の透けて見える画像」である。これらの基本単位は、それだけ別個に取り出したら正確な意味のコンテクストを欠いてしまうとジンクスは言う（Jinks 8-9）。じっさい、単語とコマは、切り離してしまうとちがう結果をもたらす。ひとコマだけでもイメージは生まれるだろうが、単語の場合は、ひとつだけでは、イメージの象徴を生み出すことしかできない。たとえば「赤」という単語は、特定の一色を想起させるかもしれないが、この色がふくむ無数の色調を思い描かせることができてしまう。映画のコマのほうは、特定の色調を示すことができる。言うまでもなく、単語はそこからセンテンス、段落、章が作られない限り意味をなさないし、コマもまた、そこからショット、シーン、シークエンスが作られない限り、意味をなさない。ラルフ・スティーヴンソンとJ・R・デブリックスが言うように、「小説は有機的な統一体であり、辞書から抜き出してきただけの関連のない言葉の連なりではない」のだが、それとまさにおなじく、フィルムの映像もひとコマだけでは「機能することができず、個々のショットは、それが置かれたコンテクストによって命を吹き込まれる」（Stephenson and Debrix 130）。ロバート・リチャードソンは

「ショットを配列するための編集やカットやモンタージュといったプロセス」を「映画の文法と統語法」とみなしている（Richardson 115）。映画製作者は「どんな単純な言語にも備わっている文法に匹敵するような細かい」映画の文法をいまだ生み出すには至っていない（ibid.,115）。

しかしながら、ジャネット・バロウェイの指摘によると、書き言葉は「経験から二重の意味で離れている」。読者が知っているように、書き言葉は「まず頭に伝えられ、次に映像に移されなければならない」。それに対して映画や演劇では、映像が「直接眼や耳に訴える」（Burroway 30）。リチャード・ブルーメンバーグは「映像は観念を直接的に伝達するが、言語は通常はそのようにはいかない」という点に同意した上で、さらにこう言う。「センテンスや段落を読み、あるくだりにとどまり、後ろにもどって読み直したり、探究し尽くしてからようやく本を離れる、ということが私たちにはできる（Blumenberg［1975］11)。ビデオデッキや映写機をもっていて、コマ止めしたり、即座に巻きもどしてみたりできれば別だが、映画の映像を再検討するには、もう一度全部を見直せる機会を待たなくてはならない。

小説家と映画監督が用いる建築ブロックはそれぞれ異なるものであるが、両者の最終目標は、自分の見方に基づいて建物を作り出すことだ。どちらも創造者なのである。そうは言っても、監督は、その映画のために書き下ろされたり、あるいは他のメディアから脚色された脚本の言葉に依存している。脚本家は、オリジナル脚本を書くときには、小説家とおなじやり方で創作するが、自分の思い描く映像を記述する道具として言葉を使う。それに対して、映画用に小説を脚色する脚本家は、いったん作られたものを作り変えるのであり、うまくやるためには文学と映画の両方の意味論と統辞論を理解していなくてはならない。[4] 脚色をおこなう場合には、脚本家は、映画の基本的な統辞論に直接適応できるような意味論的要素を小説から見つけ出さなければならない。直接適応できない要素は、映画でそれに相当する要素に移し換えなくてはならない。だが、このように相当する要素は脚本の言語で表現されているだけである。脚本はよく青写真に喩えられるが、監督はこの脚本をもとにして、その意味内容を――それが適応されたものであれ移し換えられたものであれ――映像を通して直接伝わるようにしなければならない。

映画の視点を定めなくてはならない監督は、翻訳家を悩ますのとおなじ問題に直面する。意味が伝わらないわけではないが、どうしてもニュアンスが変わってしまうのである。ウルフ・リラが指摘するように、小説を映画に「正確に移し換え」ようなどというのは、翻訳家が異質の言語と言語のあいだに文字どおりの等価物を見つけようとするのとおなじほど無謀な試みに見える(Rilla 24)。文学作品をそのままなぞって脚本を書くことはできないから、脚本家は原作の「主題」がもつ「生のデータ」にどの程度近づいていられるかを見定めなくてはならない」(Giannetti 375)。ユージン・ヴェイルは「もとの作品を作っている要素全体をそのまま映像に移し変えても、むしろ原作の味わいを伝えないこと」になりかねないと警告している。極端に原作に忠実なのは、実は「有害」なものになりうる、と言うのである(Vale 264)。

結局、小説には映画よりも有利な特徴がいくつかある。ブルーストーンが指摘するように、長大な「小説は一定の密度が得られるという利点がある。それはジェイムズが称賛したような『詳細にわたる描写がしっかりとできる』という利点である。その理由は、読者がそれに長くつきあえるからという単純なものである」。「小説を読むペースは読者が決める。たしかめるために何度も読み返したり、飛ばし読みをしてかまわない。だから小説家は言葉数を多くして語ることが許されるのだが、それに対して映画製作者は「コンパクトにしなければならない」(Bluestone 50)。ユージン・ヴェイルに言わせれば、ただ長いだけが小説の取り柄ではなく、「登場人物が何を考えているか描くことができる」形式が小説の特徴であり、「これがあって小説に迫真性が生まれる」(Vale 102)。ニコラ・キアロモンティによれば、言葉は単に暗示するのではなく、精神に浸透して、言語だけが適切に表現できる「複雑な情念や微妙な観念」を伝えることができる(Chiaromonte 41-42)。

ブルーストーンが認めるように、映画では「登場人物が考え、感じ、話す様子を示すことはできても、思考や感情の内容までも見せることはできない」(Bluestone 48)。だが彼は「言語は概念的把握という網でふるいにかけられなければならない」(20)とも言う。ブルーストーンもブルーメンバーグも、小説は「本質的に概念的」なものだと見る。ブルーメンバーグに言わせれば、小説は映像ほどには「情報を直接伝えない」。映像は「本質的に感覚によるもの」であり、「情報を即座に伝える」。言葉は、心理学的に見るなら「概念、もしくはそれが描く行為の意味の手がかりを読者に与える」のかもしれぬが、それに対して、映像の場合は概念と意味が「形態、色彩、構図、質感、動きによって、五感に直接訴えるようにすることができる」（Blumenburg [1975] 11）。

ブルーストーンの主張によれば、映画は「取りあつかっている空間を並べるだけ」なので、思想を表現することができない（Bluestone 47-48）。ここでブルーストーンは「〔小説と映画という〕二つのメディアを区別する有用な特徴」を示している。小説も映画も時間芸術であるが、「小説を形成している原理は時間であり」、それに対して「映画を形成している原理は空間なのである」（61）。ブルーメンバーグは、論文「アラン・ロブ＝グリエの小説とアラン・レネの物語映画における時間と空間の操作について——『去年マリエンバードで』を中心に」で、フロベールやジェイムズのような「客観的なアプローチをもつ小説家は、通常、時間上のある一点のなかに出来事を包摂するために空間を使う」という点に注意を促している（Blumenberg [1969] 4）。しかしながら、『ユリシーズ』『燈台へ』〔*To the Lighthouse*（1927）〕『失われた時を求めて』の「スワン家のほうへ」〔"Swan's Way"/*Du côté de Chez Swann*（1913）. Marcel Proustの小説*Remembrance of Things Past/A la recherche du temps perdu*の第1部〕や『響きと怒り』の「ベンジー」の箇所などでは、出来事としての空間——もっと厳密に言えば「時間を超越して生じる出来事」を包摂する空間——を用いている。頭のなかで生起するこうした出来事は「そのまま物語られるよりも説明されることが求められる」。それらの出来事は直線的ではなく、「有機的な体系として」（ibid.,6）構成されている。だから、出来不出来の度合いは異なるにせよ、ここにあげた四つの小説がすべて映画化されているのは、なんら偶然ではないのかもしれない。じっさい、ジョイスの『ユリシーズ』、ドス・パソスの『U・S・A』〔*U.S.A.*（1939）〕、エリオットの詩「J・アルフレッド・プルーフロックの恋歌」〔*The Love Song of J.Alfred Prufrock*. T. S. Eliotの詩。一九一五年Chicago の*Poetry* 誌に発表。第一詩集*Prufrock and Other Observations*（1917）に収められた。〕などは、「映画的性質」を有することで知られている（Giannetti 311）。『ユリシーズ』のなかでダブリンの東部のスラム街を舞台とする「キルケ」の節などは、映画のシナリオのような時制と形式で書かれてさえいる。(5)

ジョイスと同様、ヘンリー・ジェイムズも文学における映像の重要性を認識していた。彼の助言によれば、読者というものは「一般的に『絵』を思い浮かべたがる」ことを作家は知っておくべきである。「小説というものは、すべての絵のなかで、最も包括的で、最も柔軟なものなのだ」（James 33）。デイヴィッド・ボードウェルは、ジェイムズが文学の語りにおいて徹底したミメーシス論を提唱したと考え（Bordwell 7）、ジェイムズにとって「小説とは実は一枚の絵ではなく、舞台上にあるような、ひとつづきの場面(6)なのである」（ibid.,8）と述べている。ジェイムズやフロベールやジョイスの小説の読者は、作者が言葉のスケッチによって描くものを心に描き、スケッチの間隙を埋める。リチャード・ブルーメンバーグが言うように、小説を読むとき、視覚化によって「映画を観る場合よりも、想像力を自由に働かせることができる。本のなかでは、いかに細心の注意を払って登場人物を描写しても、読者が思い描く登場人物の姿は人それぞれで異なっているだろう」(Blumenburg,［1975］12)。だから原作小説を可能な限り字句どおりに映画化したとしても、その映画は原作の読者一人一人が思い描く像と絶対に一致しない。たとえばディヴィッド・リーンの『インドへの道』〔*A Passage to India*(1984)〕には、E・M・フォースターの小説〔*A Passage to India*(1924)〕をそのまま映像にしたと思える場面もあるが、それでも映画に不満をもつ観客は多い。

原作への忠実さを求める読者は、連続番組やミニ・シリーズとして十分な時間があてられているテレビ化作品に期待を寄せるかもしれない。このような番組では、映画よりも原作の持ち味を伝えていることがある。大手ネットワークが、ベストセラー小説をミニ・シリーズのかたちでテレビ化することはよくあるし、BBCが古典的名作のテレビ版を製作し、PBS〔公共放送サービス。米国で政府の助成金や企業の寄付を受けて運営される、良質な教養番組の提供のための公共テレビ局の全国組織〕やアーツ・アンド・エンターテイメント・ネットワークで放送するというケースは多い[7]。ハロルド・ピンターによるシナリオ『フランス軍中尉の女』の序文で、ジョン・ファウルズは「時間が制限されている映画とはちがって、テレビでは放送時間を十分にとれる。これが映画の製作にたずさわる者にはうらやましいらしい」と言う。だが「配給の要請のために映画時間を一一〇分程度にする必要」は、「劇作家が舞台上の物理的な状況を考えなくてはならぬことや、詩人が詩形や韻律の法則にしたがわねばならぬ」という制約と似たものであるともファウルズは言う。彼の見るところでは、これは「映画がその最良の部類において主要な芸術の地位にとどまっている」ひとつの理由なのであり、その一方で、テレビは往々にして「記録装置として扱われたり、映像化するだけの機械に堕してしまう危険」がある（Fowles, 1981 xiii）。

じっさい、ファウルズの小説をもとにした三つの映画〔『コレクター』『魔術師』『フランス軍中尉の女』〕は、原作に対する忠実さという点で批判にさらされてきた。ファウルズ自身、映画版の『コレクター』と『魔術師』は――『魔術師』のシナリオを書いたのはファウルズ自身だったのだが――「とても満足できるものではなかった」と言う（ibid.,vii）。とはいえ、小説作品を分解し、映像にしうる要素を用いて再構築することの困難さを彼は認識している。「部外者として見るような新鮮な気持ちでその仕事にかからねばならぬということをはっきり証明するものとして、これ以上の例はない」と彼は言う（ibid.,x）。これらファウルズの三編の小説には、ファウルズのイメージ群やシナリオ的な要素など、映画的な性質があるにもかかわらず、「部外者として見るような新鮮な気持ち」でこれらを映画化するのに苦労した。映画『コレクター』は小説の約半分を削除している。削除したのは、繰り返しが多いと批評されるきらいがあったミランダの日記の部分である。『魔術師』については、小説ではロンドンを舞台に繰り広げられる冒頭と最後の箇所が、映画版では省略されている。さらに、小説中の多くのきわめて詳細で複雑な要素もそれとなく示すだけで済ませている。ところが『フランス軍中尉の女』の脚色には、普通では考えられない難題があった。この小説がステレオスコープ〔少しだけ異なる角度から撮った同一物体の2枚の写真を左右の眼で一枚ずつ見て立体的に再現する装置〕のような視点を使っていることである。「ヴィクトリア朝中期と、現代の両方の視点から描かれていること」が、映画化が遅れた理由であろうとファウルズは言う（ibid.,x）。『フランス軍中尉の女』のシナリオの依頼を断った脚本家はひとりではない。ファウルズと彼の版元／映画エージェントは、ハロルド・ピンターに白羽の矢を立てた。「『フランス軍中尉の女』の映画化という企画に何よりも必要なのは、十分熟練し、独力で仕事ができ、最初からすべてを考え直して作り直せる脚本家、喩えるならば達人的な腕をもつ理髪師のような脚本家なのだ」と製作者側が感じるようになったからであった。

「小説や戯曲を映画用に脚色する直接的なやり方とは、小説家や劇作家が、物語を小説や戯曲に仕立てるときにまず着目する最初の要素にもどすことだ」とユージン・ヴェイルは言う。原作をカットしたり、映画用に整えたりするだけでは十分ではない。原作とは別の特徴や条件をもつ新しい形式を扱うという重要な事実があるからである。「まったくおなじ場面でも、映画への取り入れ方が悪ければ、何も伝えないこともある」（Vale 264）。ウルフ・リラによれば、脚本家は、まず最初に、原作の根源にもどるだけではなく、作品を解体して、原作者の意図を検討し、作品の「再構成」に「脚本家の映像感覚を創造的に」適応させなければならない（Rilla 25）。映画のシナリオとして使えるようにするためには、もう一度、視覚に訴えるようにする必要がある。

「文芸映画」であっても、「一番大切なのは映像で、言葉は二の次だ」とジャネッティは言う

（Giannetti 376）。[8] 監督や脚本家が原作に縛られたままだと、「饒舌」で「台詞に頼りすぎる」映画を作る恐れがある（Jinks 19）。そのような逐語的な脚色は舞台劇に似たものにも見えてくるかもしれない。それは戯曲を視覚的にほとんど変更を加えずに映画化したものと似ていなくもない。「物語の台詞は、それ自体では映画やテレビにそのまま移し変えるのには向いていない」とロバート・ゲスナーは言う。台詞は「行動の動機を伝える」だけでなく「動機に味わいを添える」べきでもある（Gessner 356）。脚本家は「原作小説の内的独白や、その小説の作者がみずから解説している箇所を避けて脚本を書く」のだが、それとおなじように、「舞台で上演される劇であれば、演劇的な要素を回避して、脚本を書くものである」とウルフ・リラは言う（Rilla 24）。

ファウルズの小説作品はどれもすっかり台詞に寄り掛かってはいるわけではないが、『コレクター』『魔術師』『フランス軍中尉の女』はたしかに演劇のような性質をもつ。実際、これら三作品には、メタ・シアターとしての性質が備わっている。サイモン・ラヴディによれば、「メタ・シアターと伝統的な演劇の最も重要なちがいは、メタ・シアターでは観客もふくめた参加者全員が上演に関わりをもつという点にある」（Loveday 45）。『魔術師』では、コンヒスが、ギリシアのフィラクソス島という島でアーフェを呑み込むメタ・シアターのドラマを作り上げていることが分かる。メタ・シアターという用語がその小説と映画の両方で自由に使われている。小説『フランス軍中尉の女』は、作者が自作品という舞台に踏み込んでくるとき、メタ・シアターになる。ラ作者が読者に語りかけたり、結末を選択させるとき、その作品はメタ・フィクションとなる。

イスとピンターによる映画『フランス軍中尉の女』のこの映画のなかの映画で、十九世紀の人物を演じている俳優と女優は、演じている役の強い影響下にいるために、役柄上の虚構の人々の生活と、彼らの実際の生活の境界が時々曖昧になることもある。『コレクター』では、クレッグは標本として捕まえた女性のために舞台を作り、彼が思い描いた空想を、彼女が現実のものにしてくれるように期待する。何とか逃げようとしてさまざまな役を演じるとき、彼女は女優となる。彼女と関わろうと舞台に上がれば、クレッグも彼が自分で作り上げた劇の俳優になる。

　これらの小説のメタ・シアターとしての側面が、映画化を阻むのではないかとまず危ぶまれるかもしれない。このような構造のもつ複雑な性質は、特に視点に関しては、演劇の場合とはちがったかたちだが、映画に必ず視覚的な影響を与えるであろう。しかし視点の問題に注意してみると、劇に注視させて、観る者を演技の中心に連れてくる働きをしているカメラがあるから、この場合、映画を観るという行為が、一般の演劇を見る場合よりも、深く密接に、メタ・シアターとしての上映と関わっていると分かる。[9] カメラは、演技や演じられている世界のどこに観る者が参入するべきかを、黙って示す物言わぬ語り手となる。

　小説では、読者は、作者が用いる象徴を読み解いたり、イメージを頭のなかで再構築したり、また読者自身の気持ちを見出すこともできるという意味で、作中人物の代わりに演技をしているようなものだ。一方、映画では、「形、色、構図、質感、動き」といったものへの観客の感覚に意味が直接訴えるから、観客は反応を示す演技者自身となる（Blumenberg 11）。クレッグは労働者階級に属する主人公であるが、後援者《パトロン》の多くと同じように語り、行動する。このような主人公の所業を、映画のスクリーンは詳しく映すことができる。クレッグが彼のとりとめもない夢想を実行に移すように、また夢を思い描くように、映画ではそれらを映像にして見せる。夢とおなじように映画は観客の潜在意識に語りかけ、幻想に誘い込む。ファウルズは自分の夢を分析して、夢は、映画とおなじで、線的に構成されているのではなく、あちこちに飛び移るものだと分かった。だから作家も読者も観客も「今、カメラで少し考えてみなくてはならない」(Combs, "Search" 39)。

ジョイス、ジェイムズ、フォークナーのように、ファウルズも彼の小説の映画的な性質を前面に出している。細部に至るまでが眼前に浮かぶような精緻を尽くした描写に接すれば、ファウルズが「カメラで少し考えている」のがよく分かる。実際、ピーター・ウルフによれば、ファウルズの小説は「高レヴェルの身体感覚を発揮して書かれている。視覚と音声、意味と感触をすべて一気に伝えている。動きのない人物は現れないし、ただの叙述にすぎないような平板な捉え方も出てこない」(Wolfe 17)。特にファウルズの小説『魔術師』の改訂版について、コーリー・ウェイドは、「優れた詩を書くための名高い原理、すなわち、語るのではなく見せるという原理にのっとっている」と言う。ファウルズは「読者を驚くべき、そしてしばしば震撼させるようなエピソード」に飛び込ませるのだが、「それについての作者の注釈が示されるわけではない(Wade 716)。ファウルズの小説を映画化するときには、微妙な複雑さに直接言及せずに暗示するだけの場合もあれば、完全に省略されてしまうこともある。ただ、彼の小説は映画的なテンポと視覚に訴える細部のために、脚本家にとっては言葉を映像に対応させやすい。

結局のところ、W・J・ヴァーデニアスが言うように、芸術家のつとめとは「忠実な解釈であって隷属的な模倣ではない」。芸術家は現実を模倣し、脚本家は再創造もしくは解釈をおこなう。脚本家の青写真から、監督は最終的に芸術作品を作り上げる。脚本家は原作小説のコピーを作るのではなく、「別のレヴェルでの置き換え」であるべきで、それは「映画というメディアの法則にしたがう」ものでなければならない（Verdenius 21）。カレル・ライスが編集についての著作で述べているところによれば、監督は、一番効果的に演技や細部を写せるような的確な位置にカメラを据えて「どの瞬間でも、可能な限り最高の視点を観客に与えなくてはならない」（Reisz 215）。もちろん、可能な限りの最高の視点は、原作小説で示されているものとは異なってくるのかもしれない。ジョイ・グールド・ボーヤムが主張するところでは、小説を、特に現代小説を映画化するには、視点と折り合いをつけるだけではなくて、映画でそれに対応できるものを見出さなくてはならない（Boyum 87）。視点と折り合いをつけるという課題に対しては、ジョン・ファウルズの現代小説はとりわけ適している。とはいえ、ブルーストーンが言うように、小説と映画が似ているにもかかわらず、小説に対応する映画的表現は「必然的に原作小説とは別の性質の芸術作品となるものだ」（Bluestone 64）[10]。最終的な基準となるのは「映画製作者が原作を尊重しているかどうかではなく、製作者自身の見方を尊重しているかどうかである」（Bluestone 110-

11)。

映画が原作との関わりを失っている、小説の複雑さを表現し得てない、感動をもたらさないとか、知性を働かせなくてもいい作品に堕ちている、などというように、文学作品を脚色した映画についての批判は今後も続くだろう。もちろん、すべての小説を映画化できるわけではないし、その必要もないだろう。映画『コレクター』『魔術師』『フランス軍中尉の女』への不満はこれからもきっと続くだろう。とりわけ観客は、映画化に際しての視点の変更や、監督と共同製作者が選んだ表現方法に異議を唱えてきた。そのような改変が必要であったかどうかを私たちが判断するのは僭越であろう。それを判断しようとするなら、原作についての私たち自身の解釈を監督もしくは「映画作家《オトゥール》」〔auteur. 自作の脚本を演出する映画監督。特にヌーベルバーグの監督について言う〕の解釈と比較してみなくてはならないだろう。(11) しかしながら、このような改変と表現様式が芸術的に成功しているかどうかという問題――それをこの研究では、視点というコンテクストのなかで、ファウルズの三編の小説とそのそれぞれの映画化作品のそれぞれの構造を作り出している要素を検討することによって示してみたい。

## 注

(1) マーティン・エスリンの『ブレヒト——人と作品』によれば、ベルトルト・ブレヒトは「アリストテレス的演劇概念」——これはブレヒトの時代には「恐怖と憐憫によるカタルシスの演劇、観る者が演じる者と一体化する演劇」(Eslin 130) と理解された——を否定して、「観客と登場人物の一体化の過程」を妨げる叙事詩的演劇を提唱した (136)。観客を演技にのめり込ませず、感情的に一体化させないための主要な手段が、「異化効果」Verfremdungseffekt である。エスリンはこう言う。

> 観客と登場人物の一体化の過程を拒むことによって、両者のあいだに距離を置き、観客が冷静に批判精神をもって演技を見られるようにすることによって、それまで見慣れていた事物・姿勢・状況が新奇な光のもとに立ち現れ、驚異の念をとおして、人間の状況についての新たな理解が生み出される (ibid.)。

この概念をファウルズは『魔術師』と『フランス軍中尉の女』である程度例証している。

(2) ファウルズが「レイモンド・チャンドラーへの影響」を認めていると、ロナルド・ビンズが「『魔術師』の新版」で伝えている。だがこの影響関係の「より露骨な証拠」は『魔術師』の改訂版から削除された。ビンズはまた、ファウルズの用いる一人称の語り手は問題であるとし、自説を補強するためにこの技法をヘンリー・ジェイムズが否定した事実を引き合いに出している。ビンズによると、『魔術師』の形式には統一性が欠けているとファウルズは認めており、「冗漫な箇所は思い切って削ったほうがいい」と感じる批評家の忠告に自分は耳を貸す気はないと明言しているそうだ（Binns 82-83)。

（3）マーティン・エスリンの説明によると、「ブレヒトの演出法の基盤となっているのは、俳優は登場人物になりきるのでなく、過去のある時点の他者の行動を物語る存在とみなすべきだという考え方である」(Esslin 137)。

「演劇のための小思考原理」でブレヒトはこう言う。「われわれに必要な演劇形態は、出来事が生じる人間関係の特定の歴史的場所のなかでありうるような感情、洞察、衝動を解き放つだけでなく、そのような場そのものを変容する助けとなるような思考と感情を駆使し、助長するようなものなのである」(Brecht 190)。ブレヒトは「観客と登場人物との感情の一体化」を抑制したかもしれないが、「彼が求めた批判的態度」を喚起するには至らなかった。「観客は依然として気持ちを高ぶらせ、畏怖の念、憐憫の情を抱いた」(Esslin 148-49) とエスリンは言う。

（4）リック・アルトマンは、意味論／統辞論という切り口による映画のジャンルに関する論で、意味論的な要素をその統辞論との関係と切り離している。特定のジャンルの意味論的要素は、たとえば「姿勢、登場人物、ショット、場所、舞台装置」などで、実はそれらは関係性あるいは基盤となる統辞論を抜きにして決定することができない。「このように意味論から取りかかるならば、ジャンルを構成している基本的な単位である『ブロック』に注意を向けることになる。それに対して統辞論的な見方では、どのように『ブロック』が配列されて建物となっているかということに特別な注意を払う」とアルトマンは説明している（Altman 10)。言うまでもなく、監督がいかなる視点をとるかで、映画での統辞論的な関係は決まる。

（5）さらにロバート・ジェスナーは、こう言っている。「ジョイスの『若い芸術家の肖像』は非常に映画的である。それはフラッシュバックやクロスカットを使い、カメラ的な強度と凝縮度でもって時間と空間を編集し、『スティーヴン・ヒアロー』に見られるような余分な文学的挿入がない」。彼によれば、小説における映画的描写法の伝統は実はフロベールにまでさかのぼるのだという（Gessner 266)。

（6）『一人の作家の生いたち』で、ユードーラ・ウェルティは、ある女性が母親に語った物語の数々を回想している。子どもだったユードーラ・ウェルティの印象に残ったのは、それらの物語が単に劇的だったということだけでなく、「すべてのことが場面の連続のなかで起きたということ」だった（Welty 13)。

（7）『高慢と偏見』『荒涼館』『戦争と平和』『朕、クローディアス』といった何週間にもわたって放送された番組は、原作に忠実であるとして文学研究者に高く評価されることがよくある（ただしBBCの『朕、クローディアス』はロバート・グレイヴズの小説よりも暴力場面と性的描写が露骨だった）。これらは、たとえ商業的なネットワークに流されるミニ・シリーズの番組と較べて数段出来がよいのであっても、必ずしも短い時間に収めた映画化作品より優れているとは限らない。たとえばＢＢＣの長期間番組のジェイン・オースティンの『高慢と偏見』と、一九四〇年の映画化作品を較べてみたらよい。

（８）ルイス・Ｄ・ジャネッティは、脚本が映画のなかでどれほどの役割を果たしているかを知ろうとするならば、出来上がった作品がどの程度「文学的」な映画であるかを検討すればよいという一般法則を打ち立てている。実際に、脚本家のおかげで監督の評判が高まっていながら、脚本家の貢献は認められないか、せいぜいわずかな謝辞を受けるだけという場合もある。

（９）劇場での演劇には生身の俳優・女優が当然必要だが、このメディアの制約があって、映画と較べると舞台の台詞はどうしても説明的になる（またしばしば映画よりも形式的になる）から、リアリティが希薄になるのは避けられない。ファウルズの小説を原作とした劇であれば、観客を客席の前列中央にまで近づけて、舞台との距離を狭くすることになるだけだろう。だが映画では、空間的な距離を暗示的に突然変えることができる。カメラが動ける範囲であれば、観客を人の顔のそばに近づけることもできる。この理由で、メタ・シアターの空間的な要素は、構造上は映画メディアに似てくる。

観客を客席の前列中央よりも舞台に近いところに置いた劇には、クリフォード・オデッツの『レフティを待ちながら』がある。これはいくつかの挿話からなる劇で、アジプロ劇を洗練させた作品であるが、一九三五年一月六日にこの劇の上演のためにニューヨークの市民レパートリー劇場は労働組合会館の姿に変えられた。単純なアジプロ劇に登場するのは、リアルな人物というより類型的人物であり、観客——通常の観客層は工場の門や街角や造船所に集まる労働者で、そうした場所で野外劇が開かれた——に直接語りかけ、参加を呼びかけることが多かった。モーガン・Y・ヒメルスタインによれば、この安価な劇の形態は、一九三〇年代の初め頃に、選挙戦の武器としてアメリカに導入されたという。観客のあいだに潜り込んでいる俳優が、しばしば他の観客を鼓舞して行動に駆り立てようとした（Himelstein 13）。ボストンでの公演中は、「観客のなかに潜んでいた俳優が『おとりの暴露』の場面で舞台に突進する」のを本物の警官が抑えようとした（Pack 5）。『レフティを待ちながら』は、ラヴディの定義するメタ・シアターのイリュージョンを与えたにすぎないが、この警官はその上演をメタ・シアターに転じてしまったのである。

（10）ジェフリー・ワグナーは『小説と映画』で、小説の映画化には、「置き換え《トランスポジション》」「解釈《コメンタリー》」「類似《アナロジー》」の三種類があるという見解を述べた。「置き換え《トランスポジション》」は、「小説をそのままスクリーンに移すものであり、干渉に見えるようなものは極力排除する。ハリウッドでは、その歴史を通じて、最もよく使われてきたやり方で、主流となっている方法である」。ただしこの方法は「最も不満を生じさせる」ものでもあったとワグナーは付け加えている。「解釈《コメンタリー》」とは、「原作をもとに映画が作られているが、意図的にせよ、故意であるにせよ、何からの点で改変が見られる場合をいう。「強調のしなおし《リエンファシス》」あるいは「再構成《リストラクチャー》」と呼んでもいい」。彼の主張では「「類似《アナロジー》」は小説を出発点として用いているだけであろうが、それと較べると、「解釈《コメンタリー》」は別の作品への原作をよりいっそう侵害するものと思われる」。

「類似《アナロジー》」は、ワグナーの分類によれば、「別の芸術作品を作るための相当な逸脱」（強調はワグナーによる）をともなう（Wagner 222-27)。幸い、ファウルズの三編の小説のいずれも「類似《アナロジー》」のカテゴリーには収まらない。しかし映画『フランス軍中尉の女』は、構造が大々的に変わっているから、「解釈《コメンタリー》」と考えられるかもしれない。『コレクター』の視点は映画化用に改変されてはいるものの、『コレクター』と『魔術師』はワグナーの分類によると、おそらく「置き換え《トランスポジション》」にあたるのだろう。

（11）脚本家のゴールドマンは、『映画界の冒険』のなかで、映画制作における「映画作家《オトゥール》」の理論——これはトリュフォーやゴダールのような監督がいたためにフランスを起源としているのだが——は他の国で通用してもハリウッドでは当てはまらないと述べている。「トリュフォーは自分でセットをデザインするかもしれないし、黒沢が自分の監督する映画の編集はすべて自分でおこなってもおかしくない」とゴールドマンは書くが、彼はこうも付け加えている。「〔ハリウッドの〕同業者でこれを信じている撮影監督やプロデューサーや編集者に私はこれまで一人としてお目にかかったことがない」。さらに「それを信じる監督に会ったこと」もないと言う。ゴールドマンは映画になくてはならぬ七人をアルファベット順に列挙している。「俳優、撮影監督、監督、編集者、プロデューサー、美術監督、脚本家」の七人である。「映画作家《オトゥール》」理論を真に受けてしまって、才能ある監督がだめになってしまうこともあるとゴールドマンは言う。アルフレッド・ヒッチコックがだめになったのはそのせいだと彼は確信している（Goldman 100-05)。

# 第二章　『コレクター』
## ——ファウルズの劇化された語り手から、ワイラーの全能のカメラへ



ジョン・ファウルズは小説『コレクター』で、二人の一人称の視点を通して物語を語っている。バーバラ・マッケンジーは、このような内的視点の表現形態を拠りどころにして、フレデリック・クレッグとミランダ・グレイ、すなわち採集者《コレクター》と囚虜を「劇化された語り手」と呼んでいる。さらには、二人はともに文字どおり、語り手と劇作家両方の役割をも果たしている。クレッグは、小説の前半部分と後半の短い結末の部分で、チューダー朝の田舎家の地下室の中で自身の幻想を投影する劇作家として、さらに自ら作りあげた舞台の上で演じる俳優としても、自分の体験を語っている。ミランダは、後半の大部分で、クレッグのドラマにおける自分の役割を踏まえて創作しているかのように、日記を通して自分の思いを伝えている。彼女は文字どおり「虜になった」観

客、同時に強要された参加者であるから、この舞台劇は、ラヴデイの定義でいう、「観客を含む参加者全員がすべて俳優となる」メタ・シアターと化す（Loveday 45）。二人が別々の視点からこのメタ・シアターの脚色を行うとき、エドガー・V・ロバーツが述べているように、二人は一人称の語り手として、自分の「素性、考え、意見、そして偏見さえも」ある程度さらけ出している（Roberts 67）。

マッケンジーが言うように、劇化された語り手には、「『私』が本当に知り得る情報」を伝達することしかできない。「そして自分自身の考えや感情こそが、一番『私』が知っていること、あるいは一番知っていると思っていることである」（McKenzie 14）。しかし読者はメタ・シアターのドラマに引き込まれるにつれて、ミランダもクレッグも、少なくとも最初は、自分自身の考えも感情も完全には理解してはいないことに気がつく。

最初にクレッグは、このドラマが自分にとってどんな意味を持つものなのかを、自分自身の言葉で表明する。「気取ったところのない、とても知的な」声の美術学校生ミランダに出会ったとき、彼は自分たち二人が主役をつとめるドラマを創作する。彼は劇化された語り手として、「夢を自分自身で実現させた」のだと、読者に告げる。自分の人生がロマンチックなフィクションの投影となるのを望んで、クレッグはミランダを暴漢から救い出すヒーローの役を自分に割り当てる。しかし、その夢は意図に反して、彼は暴漢の役に回されて、バンで彼女を人里離れた家へと連れ去って行く。夢の中では、ミランダは自分のことを好きになり、その夢は「結婚し、申し分ない現代風の家に住み、子供をもうけ、何もかも手に入るような夢（a dream）」へと変わって行く」（*The Collector* 14）[1]。彼がa dreamではなくthe dreamと言っている事実は、一つの夢想以上のものを想定していることを示唆している。また、その特定化からは、ミランダが自分のことを、他のいろいろな役ができるような男性としてではなく、暴漢か救済者のどちらかにしか見ないだろうと、クレッグが認識していることも暗示している。

クレッグの視点を通して表わされる思考や意見に対して、批評家たちは対照的な反応を示している。例えば、ハロルド・C・ガードナーはその印象批評で、フレデリック・クレッグに「反抗的」「屈折した」「欺瞞的」という三つのレッテルを貼った。ガードナーには偏狭な視野しかなく、「この嫌悪を催させる主人公はまちがいなく変質者ではあるが、性的関係を持つつもりはまったくないようだ」（Gardiner 99）と述べている。一方、ポール・ピクレルによる批評はずっと理に適い、鋭いようだ。彼はこう言う。

> クレッグが必要としているのは、自分をヒーローとしてオペラを書いてくれるワグナーであり、自分が心から要求しても社会はどんな様式も提供してはくれない状況で、騎士道精神を教えてくれるランスロットである。クレッグが少女を監禁するのは、彼女が憎いからでも殺したいと思ったからでもない。自分ほど無価値な者が、あれほど素晴らしい相手を手に入れる方法を他に思いつかないからだ（Glegg 95）。

しかし、クレッグには頼りとなるワグナーはいなかったので、自分でドラマを書き、自分の夢を題材にして別の自分をつくり出さなければならない。理想の形の幻想を満足させるようなドラマを構成する道具を、彼が持ちあわせていないということが、この小説の悲劇の主題なのである。結局、クレッグは自らのドラマを、アラン・プライス＝ジョーンズの言葉を借りれば、「夢うつつの状態」で始め、「ミランダをずっといてくれる客であるかのように夢想し、彼女が自分を認め、孤独を癒し、最後には愛してくれるものと想像した」(Pryce-Jones 4)。

しかし、このような幻想は独創的なものでも退廃したものでもない。おそらく、題材を自分自身の経験ではなく、恋愛物のペーパーバックやお昼のテレビドラマに求めたような、駆け出しの作家なら書きそうな悲劇的な青春物としてお馴染みのものだ。クレッグの夢の世界では、ミランダはいつでも彼と彼のコレクションを愛しているはずであるし、グロリア・ヴァンダビルトが書いているように、彼女は「その二つを描き彩色し、大きな居間に大きなステンドグラスのある美しい家を飾る意匠に織り込まねばならないのだ」。彼はミランダと自分自身を、家に呼ばれた他の男なら「妬ましくてたまらないくらいの」評判のいい夫婦として思い描いている。しかし、たった一度だけ彼はどんな不潔な夢でも実現可能であるという思いを禁じ得なくなっている。つまり、ひざまずく少女の顔を男がびんたするというテレビドラマの一シーンが頭の中によぎるときだ(Vanderbilt 26)。同じ行為をミランダに対して夢想しているのは、彼が自分の夢を完全にはコントロールできていないということの一つの具体例となろう。オーヴィル・プレスコットが述べているように、彼は「『しなければならないこと』をやる、自分自身の変質的衝動の犠牲者」(Orville 29) かもしれなが、確かに彼は模倣癖を持っている。

もしクレッグにドラマを上演する方法がまったくなかったなら、それはただ単に無害な幻想に終わっていただろう。しかしながら、サッカーくじに当たったため、プレスコットが言う「生け贄に対して絶対の力を行使する陰険な狂人」(Prescott 29) となるための経済力を手に入れた。人里離れた田舎家を買って、彼は夢をドラマへと変貌させる。改装した地下室は生き生きとした若き標本を閉じ込める檻、陳列台、あるいは、舞台となる。しかし、実際に彼女を監禁してみても、その経験に付随する夢のような性質を消し去ることにはならない。地下室の世界は、いったん彼がドアを閉め、植木鉢の下に鍵を隠してしまえば、ほとんど存在しないも同然である。それは常に二つの世界に住んでいるようなものだと彼は認めている。すでに我が物となった現実の世界にもどるまでは、彼が地下室で上演しているのは、夢のようなものなのだ (C 17)。

最初、物語はクレッグの視点を通してのみ明らかにされるので、読者は彼の行動を理解しようとする――ことによると共感しようとさえする――傾向を持つかもしれない。そもそも、一人称の視点は読者の共鳴を誘うものであり、読者はクレッグの目を通してものを見るのであり、ある程度彼と共感しないでいることは、ほとんど困難であろう。読者は、彼の行動の残忍さには距離を置くかもしれないが、幻想ゆえの行動に対しては、完全に責任があるわけではないかもしれないと考えて、かなり寛大な態度をとるだろう。ピーター・ウルフはこう言う。「クレッグのようなおぞましい人物について三人称で語れば、その人物と私たちの間には深い溝ができ、戯画か怪物のように思えてしまうだろう」(77)。

愛とはこのようなものにちがいないという幻想を抱いているので、まちがいなく彼は、抑圧された生という牢獄から、頭の中では逃亡しようと試みるが、その思いが現実とぶつかるとき、自制心を失う。実際ミランダに対して自分が優位に立てる世界を創りあげるのだが、その世界では、彼は彼女同様、囚われの身なのである。(2) やりたいようには自由にできず、看護婦と患者の関係のように彼女に縛られている。もしも彼が愛と力を混同しているとすれば、それはどちらも経験していないからである。テレビや映画での劇化された愛しか知らないのだ。叔母との関係はほとんど愛と呼べるものではなく、同僚に対しても敬愛の念も愛情も抱いたことはなかったようだ。

ホイットニー・バリエトが言うように、フレデリック・クレッグには「陰気で、ユーモアを欠き、生まじめな」性質があり、それが彼の視点を特徴づけている。例えば、バリエトの言い方を借りれば、「ミランダはスケッチ帳を、クレッグは蝶々を手にして、幸せそうに並んで座っている」白昼夢を見る。生まじめさが夢の本質を左右している。退屈で孤独な生活の埋め合わせをするために、自分自身の夢物語を抱いたことのある人なら、きっとこのようなことは罪のないことだと考えるであろう。結局、クレッグは「自分を『理解』してもらうことだけを夢見て」いる。「性愛のことを考えただけで彼は嫌悪感を催す」からだ(Balliett 192)。ファウルズがクレッグを「怪物であるのと同時に堅物でもある人間」に仕立てたのを、オナー・トレイシーは、ヘンリー・

ジェイムズの小説の題名をもじって、「作家のネジの実に狡猾な回転」と述べている（Tracy 20）。クレッグを「狂人よりもひどい」とか「どうしようもないほどつまらない男」（Murray 173）とみなすマイケル・マリーとはちがって、トレイシーはクレッグを「小さな傑作」と呼んでいる。彼は「グロテスクかもしれないが、彼の存在を信じないわけにはいかない」。というのは、彼のようなタイプは「イギリス的な生活を陰気にだらだらと送って、堅物で、怒りっぽく、息が詰まるような人間で、あきれかえるほど魅力に欠ける」が、それでも「愛と賞賛を権利として」要求するからである（Tracy 21）。

トマス・ドヒャーティは、クレッグが舞台をつくり、自らの視点でそれを小宇宙の世界と見立てたとき、これをクレッグが現実を虚構化したもの、つまり彼のテクストと見なす。そして、登場人物たちが自ら小説を形成するかのようにファウルズが仕立て上げているのは、「作者の声」を純化するためではないかと示唆している。つまり、たとえ作者がテクストを書き、脚色したとしても、登場人物が独自にテクストを作り上げているかのように見えなければならないように（Docherty 119）。クレッグは地下室でミランダの要求に応じながら、テクストを加筆していく。たとえばパトリシア・V・ビーティに言わせると彼は「ヘボ芸術家」で「自分自身を、なりたいと望んだファーディナンドでなく、怪物キャリバンとしてしか描けない」のであっても（Beatty 79）。彼が物語を語るとき、自分の台詞に引用符を付けないのは、劇作家が自分を俳優と混同しているということを示唆している。ビーティはこのことを「芸術的客観性」の欠落と見ている。

彼の言語は「混乱した自己弁護の奉仕のために使われた。陳腐で時代遅れの死語である」(Beatty 80)。

事実、ミランダは、クレッグが紋切り型で話をし、流行遅れのふるまい方をし、死を映し出すものを収集しているにすぎないという事実にいらいらする（C 171)。彼にとって自然は死んでピンにとめられ硬直して初めて美を獲得する。それゆえ、たとえミランダが自分の美しさの本分は生きているところにあるのだと感じたとしても、彼は生きた死体である彼女を好むのだ（C 217-18)。[3] 彼は彼女を性的関係のない状態、自然に反する状態で所有したいと望み、そしてミランダは自分を捕らえた男を堅物と呼び、まさにこの点が理解できないのである。

オナー・トレイシーによれば、クレッグだけが『コレクター』の唯一の堅物ではない。ミランダもまた「少し生まじめ、非現実的で芸術家きどりの左翼系、核兵器廃止論者、そして人生を賛美するような堅物で、妬みではなく満足ということに対して気難しさをもっているような人間」である（Tracy 20)。読者や識者の多くはミランダの苦境に同情し、グランヴィル・ヒクスによれば、ミランダを「ひたむきな画学生」、「生活を愛する平和主義者、慣習や平凡を憎む者」と見なすのだが、それに対し、マリーは彼女を「自分自身と作者の双方が考えているような、すぐれた価値の典型」と見なすことはできない。マリーは証拠としてミランダの日記をあげ、「クレッグの悲愴な断片的思考とくらべてもそれなりに同じくらい慣習的な価値観」がそこに反映されていると言う（Murray 173)。しかしながら、識者の中には、日記を通して出てくるミランダの視点を利用して、彼女の「芸術家気取りの」、あるいは「芸術の使徒のような」面を強調する者もいる。

結局、ファウルズの『コレクター』の中に現れる芸術的感覚イメージは、小説の中間部分を占めるミランダの日記にわずかに見られるだけだ。なるほど彼女の言語は「色彩と音で輝いている」けれども、「彼女がスケッチ帳に絵の具を塗りたくるように言葉を使っている」というピーター・ウルフの批評は過大評価だろう（Wolfe 78）。読者が彼女の言語をクレッグの退屈で自意識過剰の語りと比べているからそう感じるだけだということをウルフは見逃しているのだ。読者はみんな、情報を提供する描写を切望していて、ミランダの章に入ってやっと、彼女がクレッグのことを、不潔な肉付きのよい白く赤味を帯びた手、大きなのどぼとけ、太い手首、大きなあご、「いつも噛んでいる」下唇、まわりが赤くなった鼻孔、「長すぎる」顔、薄くなった黒い髪のやせこけた男などと描写すると、強い印象を与えられるのかもしれない。それでも、彼女がクレッグの服装の野暮ったい趣味を批評し、彼の手は人の手ではないと分類し、偏見に満ちた狭量な視点を露呈しているのは、芸術家G・Pの審美的俗物性の影響であるということも、読者は認識するであろう（C 128）。一方、クレッグは、ミランダがG・Pから得たような伝達の手段を持たないが、それでも彼女を美しいと感じるのだ。[4]

ミランダがG・Pや芸術家の世界について書くときは、独善的な決めつけがさらにひどくなる。また、彼女の言語は独創性を欠き、高圧的となる。例えば、コレクターはみんな人生と芸術の敵であるというG・Pの意見を繰り返し、自分自身はクレッグの幻想が創りあげた投影であるという事実を忘れている（C 129）。そもそも、彼女を監禁している男は、あらゆる偶然性に対して巧妙に計画を立てる慎重さを示しながら、やろうと思ったことは何でも本当に成し遂げるのである。それに対して彼女が創り出すものといえば、単に「他の売れっ子芸術家の絵がつまった魂の上に小さな窓をたくさん」つけたに過ぎない。G・Pにしても、ミランダに対していまだに到達していないと批難している、まさにその感覚を自分でも欠いているようだが、彼女の絵を写真のようだと批判しているのだ[5]。それに対して、クレッグの創造した舞台は彼自身の白昼夢を基盤としている。彼の作法や、さえない話術は独創性を欠くが、彼の作りだしたものはそうではない。彼の「騙し絵」は、知的で機知に富む人間でも逃れることが出来ないくらい巧妙に作られているのだ。

ミランダは他人の意見をたくさんかかえこみ、しかし自分自身の考えらしきものはほとんど持たないまま舞台へと連れ出される。なるほど彼女には才能はあるが、芸術には不可欠である独創性と感覚を持ち合わせてはいなかった。頭では理解できても、感情ではそうはいかない（C 164）。彼女が、少なくとも感受性のある芸術家なら当然感じられる程度までも感じることができないということは、クレッグを人ではなく、形のない物として考えていると述べていることでもよく分かる（C 59）。G・Pはミランダを高い壁越しに向こうを覗こうとしている子供にたとえているが、彼女の方ではクレッグのことを同様に、つまり、どのような関係であっても、たとえ強要してでも愛してもらおうと必死にもがいている子供とか大人とは考えることが出来ないのだ。彼女には独創性が欠けているので、G・Pの言い回しを借りてこなければならない。「弱者たちの憎むべき暴政」と言ったり、「一般人」に「文明のたたり」のレッテルを貼る（C 134）。しかしながら、まさにひとりの弱者の「憎むべき暴政」の中で、彼女は自分自身の創造性を用いて自分自身を定義づけねばならなくなった。クレッグの牢獄は子供の視界を遮る6フィートの壁どころではない。この高い壁の中でやっと彼女はG・Pから解放されて、創造的になれたのだ。

ミランダは美術学校生としては「言葉という媒体にうまく順応している」とウルフは述べ、さらに「彼女は日記の一部を、台詞とト書きのある戯曲として書いている」とも言う（Wolfe 78）。記クレッグの創作した戯曲の中に身を置き、それゆえに、彼女は自分自身の戯曲を書き上げる。記録係の役からさらに踏み出して、存在しない読者のために、実際に話した言葉だけではなく、話したかったが話さなかった言葉までも書きとめている（C 141）。彼女は幽体のように自我から浮遊して、現実の状況の上を漂う。彼女がいったん創作すれば、私たちはそのペンからはもはやどんな事実も確信できなくなる。明らかに彼女は語り手以上の者であり、もはやその視点は彼女自身のものですらない。

バーバラ・マッケンジーが言うように、「劇化された語り手が他の登場人物たちの動機を理解するには非常に制約がある」（McKenzie 14）。もちろんミランダについてクレッグが提供する情報には限りがあるが、それは一部には彼のキャラクターのせいでもある。一方、ミランダの視点は、教養とG・Pによる影響のため、クレッグよりも鋭いというのは当然と思える。しかしながら、彼女はクレッグを金で駄目になった若者の典型と見なし、絶望的だと主張しているが、「堕落して悪辣になる前」には「完全に正常だった」とどうして彼女に思えるのかまったくもって分からない。後になって、彼女は「創作した」会話を書きとめる。「人生において自由で上品なものはすべて、愚鈍で下品な者が不潔な地下室に鍵をかけて閉じ込めている」。ここでの彼女の焦点は、おそらくは、多数と少数に関するファウルズの考えを反映してか、彼女自身のものとは思えない。

クレッグは、一般大衆が典型的エリートに対して反応するかのように、「多数」の代弁をする。ミランダやそれに類する人間は世界を自分の好みに合うように創れると思い込んでいる、と彼は信じていて、おおまかに、彼女をその型にはめて行く。世界をお好み通りに創るのは、至高の存在なのか、大衆なのか、彼女がどう感じているのか、クレッグは述べていない。しかし読者は彼の肩越しに、叔母だけではなく、彼がその代表である大衆を見ることができる。おそらく彼は何年もの間同じ階級の者たちがこのように心情を吐露するのを耳にしてきたのだろう。

「個人的体験が、小説の名を借りて今風に、かつてこれほど深い共感を持って鮮明に描かれたことはない」と、オナー・トレイシーは物語の展開に感嘆し満足している。にもかかわらず、彼女はファウルズを「登場人物を自分の代弁者に使っているようだ」と批判している（Tracy 21）。サイモン・ラヴデイはミランダの日記を時に余分なものだと考え、「この小説には非常に重大な主題があるので、ファウルズはこの機を利用して自分の考えを数多く述べているのだ」と言いきっている（Loveday 18-19）。事実ファウルズ自身も「個」ではなく普遍性への関心を認めている。ロイ・ニュークイストに『コレクター』の趣旨を自ら語っている。「多数のおかげで少数が真の生を送り、さらに多数自身もそうなるように、少数が手ほどきをし、手助けできるような世界をわれわれは創らねばならない」（Newquist 225）。ミランダは真に生きるということを許されなかったが、彼女の邪魔をしたのは実はクレッグだけではなかったのだ。

ミランダから少し距離を置いてみると、クレッグを教育しようと無駄な努力をしているG・Pの姿が目に入る。ミランダの視点はほとんどG・Pの視点であり、G・Pの視点は、さらに距離を置いてみると、まさにファウルズの視点である。一方読者は、クレッグの語りの部分では単純な一人称的視点を持つが、しかしそれは明らかに「多数」の信念を反映した、ファウルズの視点のアンチテーゼである。結局読者は、ミランダに対して、幾重にもなった一人称的視点を持つことになるのだ。

しかしながら、ウィリアム・ワイラーが一九六五年に、この小説を映画化し、観客に示した視点は、原作の二重の一人称的視点とはまったく違っていた。実際、外的視点によって観客を引き離したと批判する批評家もいる。アンドルー・サリスは、ワイラーの演出は「原作には存在する個人的視点をまったく表現できていない」と評している一人である。彼はワイラーが「まるで感情面には立ち入りたくないかのように、そして原作の出来るだけ多くの部分が簡素な物語に効果的に改変できるかどうか、自らに制約を課しているかのように、原作から離れてしまった」と考えている（Sarris 22-23）。マーク・シーヴァズも、ワイラーは「原作に対しては何の観点もないかのように見えるし、登場人物のどちらともいつまでも共感しようとはしない」と述べている（Shivas 39）。

マッケンジーは「外側から見る視点とは違って、劇化した語り手を用いると、事の成り行きを広角よりもむしろズームレンズを通して見ることになる」と言っている（McKenzie 14）。皮肉なことに、ワイラーは固定カメラや広角レンズで名高い。『コレクター』では、広角のショットは「奥行きのある映像」を作り上げ、室内の場面でずっと使われている。一九三九年の『嵐が丘』〔*Wuthering Heights*〕から、一九五八年の過小評価されている『大いなる西部』(6)〔*The Big Country*〕までの長きにわたり、ワイラーは「広角の視点」と「奥行きのある映像」で賞賛を受けてきた。そこでは、観客はフレームの中の映像から自由に視点を選択できる。ワイラーはこの客観的映像法を、高速カット編集よりも好んで用いた（Giannetti 174）。演出とは「与えられた空間の中で量と動きを配列することである」（ibid., 459）。そしてルイス・ジェイコブズはワイラーを「このテクニックにおける第一人者」と呼んでいる。初期の作品『偽りの花園』〔*Carrie* (1951)〕『我等の生涯の最良の年』〔*The Best Years On Our Lives*〕『女相続人』〔*The Heiress* (1949)〕そして『黄昏』〔*Carrie* (1951)〕において、彼は「深い奥行きのある演出で卓越した技巧を示してる」。『コレクター』における演出効果の例としては、クレッグが口やかましい隣人と、僧侶の隠れ穴について話しているとき、あふれた風呂の水が踊り場に流れてくるシーンが挙げられよう。観客はその場にいるかのようにそれを目の当たりにするので、緊張感を共有する。ワイラーは単一の視点と固定カメラから引き出された、力強いが、しかし微妙な流れと動きを創り出してる(Jacobs 77)。

『コレクター』でワイラーは深い奥行きだけで遠近を演出しているわけではない。実際、視点の移動は「映画というものはほとんど、その手法の特質およびカメラの介在ゆえ、全能の物語的視点を持つ」というジャンネッティの理論を裏付ける。この映画は、客観的視点で幕を開け、三人称の視点へと移り、クレッグの独白を聞く形で彼を一人称的ナレーターに仕立て、もう一度三人称の視点へと引き戻し、そしてその後、映画の大半はずっと客観的視点を維持することになる。

演出家と監督が原作の視点をどのくらい忠実に映像化しているかどうかを決論づけるには、導入の場面は有益な材料となろう。緑色の牧草地の長くて揺れのないショットで始まる。クレッグはフレームの右上に小さく入ってくる。彼は蝶を追い草地を横切り、そこで一行のオープニング・クレジットが出る。捕えられ念入りにチェックを受ける蝶のクロースアップからカメラは視点を上げて、いつものように標本をびんに密封する、クレッグの少年のような顔を捉える。彼がチューダー朝時代の屋敷に近づいたとき、モーリス・ジャール作曲の軽快な曲が不吉な色調に変わる。クレッグは「自由保有権売ります」の看板を見つけて、さらに詳しく調べて、外側から地下貯蔵庫に通じる拱道を発見する。彼が地下室へと近づいていくとき、サスペンスに満ちた和音が映像の流れを強調し、大きな蜘蛛の巣が肩越しに掃われる。確かに蜘蛛の巣は、まるで観客をも捕らえ、クッレグと一緒に引きずり込む。しかし、すぐにそれは意図的にカメラの前に投げ出される。

クレッグが地下室を探索しているときでさえ、バストショットが観客との間に距離を置く。つまり、クレッグの発見に引き込まれるような主観的視点をもつショットでは決してなく、スロー・パンで映し出しているのだ。クレッグはフレームの中にとどまるので、観客は三人称的視点を持つことになる。内側の小部屋に通じる大きな扉を開けるとき、内側の何かの照明に照らしだされた顔のアップは、サウンドトラックのかん高い逆回転のような音と相俟って、ある考えが固まっていくのをよく表している。この点で原作を読んだことのある者なら、彼が何を企てているかは分かっている。映画だけを観ている観客とは違って、彼の幻想や夢にすでに荷担しているからだ。逆に、原作を読んでいない者は、いつものサスペンススリラーの中で感じているようなシンタックスを読みとるかもしれない。

もう一度外に出ると、テレンス・スタンプのナレーターの声が、ロンドン訛りのアクセントで聞こえてきて、言葉による手がかりを観客に提示する。「思うに、どこからも遠くぽつんと離れているので、私はその家を買う決心をした。買った後も、計画を実行することは決してないだろうと自分に言い聞かせた」。映画やテレビをよく観る人にとっては、登場人物の唇が動かないときは、それが独白だということは自明の約束事だ。登場人物の思考に接することで、観客は一人称的視点を持つことになる。しかし、スタンプの声は、ジェイムズ・ジョイスやヴァージニア・

ウルフが与えるような、思考への入り口などではなく、ただ筋を語っているだけなのだ。すぐに気づくことだが、この後エンディングまではナレーションは一切出てこない。ここで語られる「彼女」が誰なのか、まだ分からないが、その言葉は、彼女の居場所が明確になる次の場面への橋渡しとしての機能を果たしている。

バンの窓のブラインドが開き、観客は、学生の一群がブレイク美術学校を出て行くのを目にする。明るい赤毛と黄色いセーターのミランダは仲間からは際立って見える。自由を謳歌しているまばゆいばかりの蝶。前景にいるクレッグはほとんどシルエットのままであり、バンで尾行している間、観客はミランダを彼の肩越しに見る。クレッグはバンを降り、騒々しい大衆的なパブの中まで尾行する。そこで彼女は片隅のボックスに腰を下ろす。クレッグはツイードの帽子とグレーのコートを身につけ、誰にも気づかれることなく、彼女と年配の男を観察している。小説の読者はそれをG・Pと思うだろう。しかし観客には決してはっきりとは分からないし、ミランダがボックスから立ち上がったときにソフトフォーカスのアップの中で、なぜ彼女が呆然として傷ついた表情を浮かべているのかも分からない。後にクレッグは彼女に「やつ」と喧嘩したことがあるのかと問う。どういう訳か、彼にはG・Pが画家だということも分かっている。ミランダは、二人が「恋人のように見えた」と言われて、ただの友達だと述べる以外、何も語ろうとしない。G・Pに関して原作と一致するのは、全編を通してこの場面だけである。この点に関しては後で詳しく言及する。

なるほど、映画の冒頭のシーンは異常なほど会話を欠いている。映画という手法の必要条件と言わんばかりに、説明がほぼ視覚だけで続いていく。クロロフォルムの壜のアップ、ほとんどが内側から撮られたバンが動くショット、クレッグが気絶させたミランダの顔のアップを通して、カメラは緊張を明確に描写している。この最初のクロロフォルムのシーンで「ワイラーはミランダと同じぐらい観客を撹乱してやろうと無駄な努力をしている。というのは、観客はこのときまだミランダのことをほとんど知らないし、ミランダを含め、すべてのものを完全にコレクターの視点から見ているのだから」とアンドルー・サリスは述べている（Sarris 22）。その視点が技術的にコレクターのものになっているかどうかは、議論の余地がある。観客は頻繁に出てくる肩越しのショットや動きのあるショットがバンの中から撮影されているのに気がつく。ワイラーは固定した一人称的なショットと、主観的な移動ショットを避けているのだ（逆にアルフレッド・ヒッチコックはその手法を用いて緊張を生み出し、持続することに成功している）。

クロースアップ、主観的視点ショット、そしてナレーターの声の代用として、サウンドトラック上のかん高い音は、時として叙情的なテーマを蹂躙して聞こえてくる。それは緊張に満ちた瞬間を強調し、クレッグの企みについて暗示を与える。この音は、異常なキャラクターを暗示するため意図されたものであろうが、当のクレッグは、観客が見るとおり、地下室を丹念に改装し、そこに彼女を運び込み、もつれた髪の毛を口から優しく払ってやり、彼女をキルトで包み、床の上の暖房の位置を変えてやるなど、優しい気遣いを示す。腿に絡みついたスカートを彼は淑やかになおしてやる。窓の外でどしゃ降りが始まると、彼は子供のようにその中を走りまわる。彼が笑い、腕をばたばたさせると、それまでの不吉な音楽が快活な音色に変わる。クレッグは後にミランダに語ることになるのだが、他の男でもチャンスさえあればやるにちがいないと、自分の行動の大胆さにも意気上がり、「解き放たれたような素振」で濡れた芝生の上に寝転がる。アンドルー・サリスによるとそれは、「綿密に行動を起こすため感情を押し殺している心理状態に矛盾し、中立的な観客にとってさえ怪しいほどトリュフォー的に思えるかも知れない」。しかし彼の笑い声は、音によるシーンの切りかえという構成上の目的にはかなっている。

どしゃ降りの雨がクレッグから過去の生活、おそらく彼の罪を洗い流しているとき、顔のアップとともにサウンドトラックに嘲りの笑い声があがる。聞こえてくるたった二回のナレーションは別にしても、まさにこのとき、思い出が回想され、観衆は彼の意識の中に入っていくのだ。チラチラ揺れ動くフェイドインによる視覚的切りかえの後、白黒のフラッシュバックになる。クレッグは銀行の机に座り、誰かが彼の頭の上で蝶のモビールをぶら下げている。同僚たちは、この子供じみたいたずらに大笑いし、クレッグは作り物の蝶が頭に触れるまで気がつかない。このシーンに対応する個所はファウルズの原作には全くないのだが、言葉よりもずっと彼の疎外感を語っている。一人称的視点は避けられ、ナレーションも必要ではない。

叔母が突然入り口から入ってくると、画面は広角となり、クレッグが部屋の片隅にうずくまっているのが見える。ワイラーの技巧的な演出によって、机に向かう他の銀行員はクレッグよりも大きく聡明に見える。そして叔母がカウンターの所に来るように手招きをし、郵便で重要な知らせが届いたことを告げると、クレッグはまごつく。彼は頭を横に傾けてぎこちなく歩く。これはミランダを睨んだり、あるいは睨まれたときに彼に現れる癖である。「絶対銀行に来るなと言ったじゃないか」と彼は叔母に囁く。この台詞は彼の私信を明らかに開封してしまったという事実と相俟って、二人の関係を雄弁に語っている。彼女の下層階級的外見と振る舞いは、間違いなくクレッグが同僚たちに隠したかったものにちがいない。彼女は彼をフレディと呼び、これは映画を通じ観客が耳にする唯一の本名への言及である。クレッグが手紙を読む前に、もう彼女はサッカーくじで七一万ポンド儲けたと、周りのものにがなりたてている。同僚が寄ってきたとき、クレッグは訳が分からなくなり呆然としている。叔母は口やかましい家政婦のように大喜びである。画面は再びフェイドアウトして、雨の中のクレッグの顔のアップになる。

この白黒のシーンは、ワイラーの『コレクター』の最終決定版での唯一のフラッシュバックであり、クレッグの叔母役のモウナ・ウォシュボーンの唯一の出演シーンであり、数少ない解説的シーンの一つでもある。ファウルズの原作に登場するG・Pは一度も出てこないし、ミランダの日記に書かれていた他のキャラクターもまったく出てこない。ロンドンの『タイムズ』紙の無記名の批評にこうある。「この映画は、最終編集の前には4時間近くもあったが、キャラクターがみんな削除され、ちょうどいい長さになった。しかし、台本は、小説のおもしろみをほとんどすべて捨て去っている。おそらく編集の段階での思いつきで、アメリカの観客のため、ことを単純にしようということになったのだろう。ミランダとクレッグの間の階級の争いと、文化と知性に対して立ちはだかる暴力とのするどいやりとりがほとんど削除されてしまった。残っているのは、ただ誘拐と、被害者の逃亡の試みという月並みな物語にすぎない」（"Wyler's Workmanlike New Thriller" 13）。

ミランダ役は、比較的経験が浅いサマンサ・エッガーにあてがわれた。観客にはフレデリック・クレッグのことよりも彼女のことがよくわからない。回想のフラッシュバックもないので、容姿、行動、会話から彼女のキャラクターを決めなければならない。その明るい色の服装はクレッグの学生服風の青色とは、一見して違って見える。彼女が新鮮な空気を吸い、まるで野生の馬のたてがみのように、そよ風に髪をなびかせながら庭を歩きたいと望むので、彼女の自然との関わりや生活感をうかがい知ることはできる。しかしながら、トマス・コービットは主張する。ミランダはクレッグにふさわしくない。なぜなら彼女は「フレディの盲目的なほど無感情な、似非中産階級的で、高潔な倒錯行為には、十分に手強い敵対者とは言えないからだ」。それゆえ、ファウルズの小説の第二部が無視されているという単純な理由で、ミランダの映画での役割は、小説でのヒロインが担っている劇的な対立関係を作り上げることはほぼ期待できない。彼女の日記は幾多の経験に裏付けられた視点から出来事を語っているので、小説を読んで初めて、

彼女の思想、態度、興味を、彼女の人生観、美への愛、夢、ノスタルジックな回想、フレディ

に対する同情が分かるのだ。フレディの前半の語りからは見抜けなかった彼女の性格を十分理解できるのだ。(Corbett 332)

ミランダの本心に近づけば、彼女の計画に共謀するかたちで参加することになるし、その行動の解釈に直に接することにもなる。

ホイトニー・バリエットはミランダの「女学生のような」日記に散見される「誇張した」泣き声、啜り泣き、自己憐憫に戸惑っているようだが(Balliett 192)、結局、日記と絵だけが彼女の創作の手段なのだ。彼女は「人は書き、暗示が叫ぶ。それは突然聾唖者になったのに気づくようなもの」と悟る。彼女は、行動するだけではなく、自分自身の武器で戦わなければならないと覚悟する。「彼と同じ武器ではなく、利己心、暴力、恥辱、憤慨ではなく」自分の武器で。寛大に自分を差し出し、獣のキャリバンに優しくキスするつもりだと宣言する。クレッグは自分を抑えることはできないのだから、こちらは寛容さを示して行動しよう。自分の意志で行動するのだから、羞恥心などない。もしも自由になれるのなら、彼の赤ん坊を生んでもいいとさえ、書いている(C 256)。また、数ページ後に書き留めた文章では、いつでも自分の思う通りに、事が起ったと述べている。自分が進む道が分かっていたので、事が望み通りになるのも「当然だと思っていた」。そう信じていたので、「人生に対して大柄な態度」を持っていたのだと(C 258)。

ラヴディの意見では、「彼女の日記を支配している特徴は、誠実さ、日記という形態と言葉それ自体の真実を彼女に疑わせるほどの、ある種の誠実さである」(Loveday 20) ピーター・ウルフによれば、結局この日記は「登場人物の思考を伝えてはいるが、読者は二人の共通した状況を当の本人以上に知っている。この種の日記とか回想録は、誘拐劇について当事者だけが知り得るよりも多くの情報を持つこととなるからだ」(Wolfe 77)。

エリザベス・ハードゥイックは、ワイラーの視点があまりにもあっさりとしているように思えるので、観客は「この無慈悲なドラマの持つ、ざらざらとした全体像」にほとんど触れることができないと閉口している (Hardwick 52)。実際、『コレクター』は、場面の大部分が室内で起るのだから、高価なテクニカラー[7]ではなくて、「怒れる若者たち」の戯曲や小説の映画化のように、粗粒子の白黒で撮られていたかもしれないのだ。カラーはミランダが囚われの身となる薄暗い地下室では無駄に思えるし、フラッシュバックの中でクレッグの月並な仕事の陰気さにマッチしていた白黒は、チューダー朝の家にもピッタリである。しかし、そうなると白黒画面の中でミランダはゴシック調の背景の中に溶け込んでしまうだろうが。

他方では、ミランダの日記の部分を削除した点、スタンプとエッガーの演技、すっきりとした語り口を是認する評論家も多い。ニューズ・ウィークの無記名の批評は、ワイラーが映画化にさいし、ジョン・ファウルズのこのベストセラー小説を拡大解釈しなかったことは、結果として、映画の方が「原作より引き締まって、鋭く、よくなった」と考えている ("Looney Lepidopterist" 96)。ジョン・ラッセル・テイラーは次のように書いている。

この映画は、上辺だけの象徴的な社会的コンプレックスがすべて剝ぎ取られ、うすっぺらになったが、その代わりとしてフラッシュバックを用い派生的な問題を扱って改変された。何も考えずに撮影された後、再び原作と抱き合わすかのように編集された。それゆえケニス・モアやモウナ・ウォッシュボーンの痕跡は短い一シーンを除いて全くなくなった。しかし、たとえ机上で再構成されたものであっても、我々に委ねられたものは、完全に明瞭で、かなり魅力的なものとなった。(“*The Collector*” 201)

観客に委ねられているのは、テイラーの言う、「俳優中心の映画」あるいは「二人の性格劇」である（Taylor 201)。スタンリー・コーフマンもまた、「小説の後半部分がまるごとなくても、ファウルズの意図は、申し分なく達成されている。というのは後半部分はすでに一つの視点から見た出来事の繰り返しにすぎないからだ」と断じている。黒澤明の『羅生門』のような映画は、複合的な視点を持つことにより、卓越した作品となっている。そこでは、新しい視点一つ一つが、捉えどころのない真実の本質についてだけではなく、視点を有する者自身についても何かを我々に語っている。しかし、「ファウルズ自身も、二番目の視点は余分なものだと感じているようだ。そこには、回想、水素爆弾や社会主義についての話、場当りな象徴などの水増しが一杯だからだ」(“Butterflies” 26)。

もしもファウルズの原作の前半後半両方が映画化されていたとしたら、マイケル・アンダーソンのタイム・トラベラー・スリラー『ミレニアム』〔二〇〇〇年紀〕とどことなく似たものになったかもしれない。そこでは同じ出来事が二つの視点、すなわち一つは一次元的時間にそって、もう一つは連動しない非一次元的な視点で示される。クレッグの語りとミランダの日記がなければ、観客は登場人物の外的視点を委ねられる。スタンプのナレーションのあるオープニングと短いエンディングのシーンや、かなりサスペンスな隣人の侵入を別にすれば、カメラはミランダとクレッグが様々な役割を果たす劇的葛藤に向けられる。原作では、ミランダの日記を読めば、彼女が「行動しなければならない」のも、クレッグの子供じみた幻想ドラマの一当事者になっているのも理解できる。しかし、ラヴデイは、ミランダ自身日記の真実味を疑っていると指摘している（Loveday 20）。芸術家としてのミランダが、女優としてのミランダになると、この疑いは、クレッグに対する感情の中に、日記を書くこと以上に多く要求される演技の中に引き継がれる。ミランダは自分の目、顔、肉体を使って、伝えたいこと、伝えなければならぬことを表現する。しかし彼女が観客に示すものは、クレッグに示したいと思っているものではないかもしれないのだ。

観客はミランダの日記によって提供される洞察も、スタンプの第一人称のナレーションも利用できないのだから、ドラマ的視点、つまり、舞台劇を観ている観客の視点と同等の映画的視点を与えられる。ワイラーは主観的視点をほとんど採用していないが、その代わり、二人の主役が観客を、時にはもろくて微妙な、時には激しい、意志の葛藤に引き込むのに任せている。しかし、ワイラーは実際には、映画全編を通して二か所でミランダの視線を追っている。初めてクレッグが地下室に入ってきたとき、観客は彼女を一人称とした視点からクレッグを見る。そして、ずっと後半に入って、二階から彼を見下ろしているときにはハイアングルの一人称的視点を使っている。後者の視点は、クレッグを誘惑しようと決心した直後に使われるが、カメラが彼の足元から顔にパンして行く前者よりもずっと説得力がある。ミランダは自分を監禁している者が単にいかれた性犯罪者などではないということに未だに気づいてないが、聴客はもうすでにクレッグを怪物以上の存在であることが分かっている。しかし、それでもこのパンの効果は二人の役者を弁護することになろう。というのは囚われの身の犠牲者が、拘束者を、先ず足元を見て、それから顔を見上げるということなど有りそうもないからだ。

観客がクレッグを怪物以上のもの、風刺以上のものに見てしまうは、ワイラー、スタンプ、そして二人の脚本家、ジョン・コウン、スタンリー・マンのせいだと考えていい。「君がよく眠れたら僕は嬉しい」と、クレッグが礼儀正しく言うまでは、ミランダの一人称的視点は目の前で脅しをかけている拘束者にずっと向けられているはずだ。ところが、フィリプ・T・ハートゥングが述べているように、「スタンプの演技のおかげで、我々はフレディを、その屈折した精神、理性のひらめき、時折の暴力、ばかげたクソ真面目な品行を理解してしまう」(Hartung 446)。クレッグは、多くの批評家がレッテルを貼っているような、単なる狂人などではない。犠牲者のために住環境を整えるほどの几帳面な誘拐犯である。たとえ状況あるいは舞台が、理想的に引き延ばされた青春の夢などではなくて、墓のような地下室であっても。スタンプの性格は機知に富み、狡猾である。原作だけに示唆されていることだが、ファウルズ同様(8)、クレッグが他の素材から発想を借りてくるくらいの模倣犯であるなら、彼は少なくとも逃亡を防ぐ環境を作り上げ、要求、侮辱、論理的論法、嘆願では貫くことはできない盾を備えるくらいできるだろう。

クレッグには「時折暴力的になる」傾向があること、そして、教養のみならず社会的にも不利な立場に置かれていることに挫折感を覚えていることは、ミランダと文学と芸術について論じ合うシーンでもっとも劇化されている。ここで「劇化」と言ったのは重要である。なぜならワイラーの演出は客観的ドラマ的視点を強調しているからである。観客はあるシーンで一方あるいは他方のキャラクターに主導権が与えられているのを目にするが、それでもワイラーは三人称的視点を用いてそれを示唆することは希である。例えば、ミランダがクレッグの肩越しに、あるいはクレッグの背中と共に捉えられていることはめったにないし、クレッグの場合も同じだ。ところが、自分の注意を完全にミランダに向けていて、自身はピントの中心にはいなかったクレッグが、このシーンになって初めて、ピントの中心に入る。ずっとピントの中心にいたミランダも同時に入ってくる。ここで、彼女の唯一の懸念は自由と慰安が欠けていることであり、観客は彼女が欲しいものを手に入れるためなら、策略と機知のすべてを尽くすのを目にしてきた。とうとう彼女は、好きなときいつでも外の世界で会い、自分の仲間と文学や芸術を語り合うと楽しいに違いないとクレッグに思わせなければならないと悟るのだ。

ミランダが地下室の壁の煉瓦の部分に描いた(9)「解放の日」六月十一日に、クレッグは彼女に食事を運んでくる。彼女がそれを口にする前に、クレッグは、借りていた『ライ麦畑でつかまえて』〔*The Catcher in the Rye*〕を読んだが、そこには重要なことなど一つもない、と言う。ホールデン・コールフィールドには現実的な問題が何もないというクレッグの意見にミランダは賛成し、彼の見方には「興味深い」ところがあると言って同意する。それに対してクレッグは、ミランダが論争を避けて、取り引きしようとしていると責め立てる。他の者にならこんなに早く同意などしないだろうと言うわけだ。「意見をぶつけ合おうとは思わなかったのか？」と彼は挑む。「本気で僕に話しかけるつもりなどないんだ」。ミランダは、迫りくる危険を察して、それを回避しようと、それを否定する。

ミランダとクレッグはこの場面で舞台を共有しているが、クレッグが怒って歩き回るとき、ミランダは場を荒立てたくないので、平静を保とうとして、座ったままピントの中心から動かない。彼女には知るすべもないが、大衆の代表としてのクレッグに共感するかもしれない観客でさえ、もがき苦しむ犠牲者ミランダに共感せざるを得ないだろう。クレッグは、彼女の前を横切って腰を下ろし、この本のどこがそんなに素晴らしいのかと尋ねると、ミランダは、トレイを脇によせて、少年は偽りをすべて憎んでいると指摘する。クレッグは少年の話し方や振舞い方が気に入らないのだと言う。ミランダは「彼はどんな所でもつまはじきだから、そんな風に振舞うの」と言ってしまう。彼女は失敗に気づくのが遅すぎた。クレッグは、そいつは周りに合わせる努力をしないのだと言って、少年に共感しようとはしない。そこでミランダは、クレッグは理解できないから、そんな疑問を持つのだ、とうっかりと口を滑らしてしまい、必死で失言を訂正しようとする。「私が言いたかったのは、彼が、我々みんなとどれくらい、似、似、似ているかを、あなたは、理解しようとしていないってことよ。」クレッグは悟る。ミランダは実はクレッグのことを言っているのだということ、つまりクレッグもつまはじきだと考えているということを。もしもそういうつもりでなかったのなら、彼の方が無知なので理解できないということになるではないかと結論づける。ミランダは自分の言葉を歪曲したとクレッグを非難する。

クレッグは画集を取り上げて、表紙のピカソの絵は人が本当に見えるようには描かれていない、とミランダに言うと、彼女は冷静さを失って、芸術家というものは見た通り感じた通りに顔を描くのだと説明しようとする。この顔は写真ではなく、様々な角度からの表現なのだと付け加える。「それは顔の下にある性格なのよ。」彼女はイライラして、声がうわずる。

クレッグはほとんど泣き出しそうになりながら、この芸術作品はひどい冗談だ、「どこかのある教授が君にそう言ったから」その絵は君にとって何らかの意味があるに過ぎないと言う。彼女の視点は彼女自身のものではないと示唆するのだ。こんな画集はクズだと決めつけて、見事なまでに明解な熟練した演技の間をとって、カバーを剥ぎ取る。彼の手は震えている。顔は憤慨で紅くなる。さらにサリンジャーのハードカバーの小説を引き裂く。いくらミランダの友人たちが自分たちが聡明なインテリだと思ってはいても、この本はバカげている。彼は歩きながら震えている。「君たちみんなと一緒にいたら、僕はまさに笑い者だ。まちがいなく。僕をそんな所には連れて行けないよ。君ではだめだ。誰だってだめだ。ぜったい！」彼は彼女の演技を見透かしていた。なぜなら、ミランダはもちろん友達となら、論じ合っていただろうから。

今やクレッグは、壁の外ではあんな連中とは友人になり得ないと悟って、彼女をここに連れてきたのは正解だったと正当化することができた。おそらくこれは彼がずっと信じてきたことなのだ。彼女を解放するという約束は、彼女に対する演技の一つであった。彼の意図した台本では、結局、囚われの身の間に彼女は彼を理解し愛するようになるはずだった。スタンリ・コーフマンはこう指摘する。

現実の世界では、彼の愛に望みはない。だから極めて単純なことだが、彼は世界を変えるのだ。エホバのように突然と指示を送り、彼と彼女が存在する環境を完全に変えるのだ。その後で、彼は気づく。親しくなれる機会を、彼女が愛してくれることをあまりにも激しく期待しすぎていたことを。彼の悲劇は、世界を変えたとしても、彼女の気持ちを変えることにも、彼の気持ちを高めることにもならないということにあった。(“Butterflies” 26)

ミランダが彼の台本に従うことも恋におちることもなくても、それでもクレッグは晩餐の席で彼女にプロポーズをする。

ミランダは自画像に皮肉をこめて「囚人一四三六号」と署名して彼に与えていたが、その絵が食堂の古ぼけた暖炉の上の額の中に飾られているのを発見し、一瞬、ほとんど言葉を失って、クレッグは本当に自分のことを愛しているのだと悟る。ロンドンに来れば彼にとっても本当にいいことだと話し、そのときだけは、演技をしているようには見えない。名ばかりの結婚に躊躇はしても、結婚することが唯一の解決策であるかもしれないという理由だけで同意する。クレッグは彼女の誠実さを疑い、彼女の方ももう決して解放してくれないということが分かって逆上し、再びクロロホルムを嗅がされる。

観客はすぐに知ることになるが、ミランダにはこのメタ・シアターで演じるもう一つの役、すなわち、誘惑する女の役がある。入浴後、薄手のローブだけを身に纏い、彼女は愛らしくクレッグにキスをし、灯りを消してと言う。彼は演技をしていると非難するが、彼女が肩からローブを脱ぎ捨てると、とうとう彼女に情熱的なキスを返す。ワイラーのカメラは二人の恋人の接近した視点を求めて、ミランダ側の三人称的視点とクレッグ側の三人称的視点の両方から二人を撮り、観客を引き込む。ワイラーは観客に、日記の視点がなくとも、少なくともミランダ本人が目一杯理解している程度ぐらいは、彼女の意図を理解するよう求めている。彼女の顔と沈黙がすべてを語っている。しかし、二人は熱く抱きあったが、クレッグは彼女から身を離し、欲しいものを手に入れるためならどんな忌まわしい演技でもする、売女と同じだ、と罵る。映画のクレッグは、原作のクレッグが持ち合わせていないような熱情を示していたが、その情熱的瞬間は瞬時にして怒りのほとばしりへと移行する。彼はミランダの自画像を額から引っぱがし暖炉の炎の中に放り込む。この瞬間は視覚的観点から象徴的であるだけではなく、劇的にみても効果的である。蝶を突き刺すのに使うピンで彼女が彼を突き刺そうと試みる瞬間もそうである。

クレッグは蝶でいっぱいの部屋を機嫌よさそうにミランダに見せる。そこは死せる自然がどのようにコレクターの芸術品に生まれ変わるかを視覚的に表している。それぞれが珍種の標本で、自然の美をとどめている。ミランダは標本でいっぱいになったガラスのケースに映った自分の姿を見つめて、手厳しい意見を述べる。「これであなたは私を収集したってわけね。そうじゃない?」この場合、映像だけで十分だっただろう。確かにその方が、こんな余分な台詞よりはずっと効果的だっただろう。そもそも、観客は蝶のどんな美しい羽の色よりも鮮やかな色彩でミランダが光り輝いているのを目にしてきたのだから。

ここで制作面の注解やカラーの効用に関する、エリザベス・ハードゥイックの議論に触れてみる。ミランダが地下室に閉じ込められているシーンの大半で、カラーは無駄になっていると思われるかもしれないが、彼女の鮮やかな衣装、様々な絵、そして煉瓦の上に描かれた色彩豊かなカレンダーは、もしも映画が白黒で撮られていたなら、暗い背景から浮かび上がらないだろう。『市民ケーン』〔*Citizen Kane*（1941）〕『ラストショー』〔*The Last Picture Show*（1971）〕『マンハッタン』〔*Manhattan*（1979）〕のように、白黒映画には、もしもカラーで撮り直されたら、美的に損なわれるものが多い。しかし、『コレクター』は、セットに制約されていても、カラー映画であるのがふさわしいのだ。

事実、アンドルー・サリスは、「ロバート・クラスカーとロバート・サーティスの見事なカラー撮影」がなかったなら、ワイラーの『コレクター』は実際の魅力の半分を失っていただろうという意見だ[10]。この映画がハンサムなトランス・スタンプの代わりに誰かニキビ面の役者をあてがって、適当な低予算の風変わりな企画だったらよかった思っている批評家もいるだろうが、サイラスはワイラーが「アートシアターのための五百万ドルの壮麗なショーになるまで、徹底してやり遂げた」ことを評価している。長々と「魅力のない人間を観客に押し付けるやり方は賢明とはいえないし」、要するに、企画が「少しハリウッド的」になるというのもよしとしているのだ(Sarris 22)[11]。

『コレクター』の中には性的交渉のシーンはまったく出てこないが、マーク・シーヴァズは、この映画は「エロじじい、のぞき魔、Swank 誌の読者のために作られた映画」になってしまったと考えている(Shivas 39)。アンドルー・サラスはシーバスの意見ほどではないが、「コレクターがミランダの赤毛を口から優しく払う際の優雅と言えるほど退廃的なシーンは、今まで映画で目にしてきた、最も忌まわしい異常な効果の一つだ」と見ている(Sarras 23)。

しかし、ミランダが身体をクレッグに差し出すとき、観客には彼女の肩と裸の背中しか見えない。ファウルズの小説を忠実に映画化するならば、セックスとは汚い行為などではなくて、人が互いの肉体を使って楽しむ遊びに過ぎない(C 107)と、彼女が彼に言って聞かせるときは、前向きの全裸こそふさわしいだろう。またA・フレデリク・フランクリンは、クレッグがミランダにクロロフォルムを吸わせてベッドに横たえるシーンに触れて、「気を失った彼女の身体を彼が腕の中で抱きしめる所でカットされている。その含蓄はさほど微妙なものではないし、そのように意図されたものでもない。そこは決定的なシーンのはずなのだから、国内や海外の倫理的規制がなければ、もう少し踏み込んだものになっただろう。」(Franklyn 104) クレッグが意識を失ったミランダの裸体をほとんど顔を入れないで写真に収める場面も同様に映画では削除されている。G・Pが原作で述べていること、つまり「作家は言葉で殺人を犯すこともできるが、絵は隠れた心まで見通すことができる」(C 169) ということを検閲委員会はおそらく信じているようだ。戯曲や脚本などが視覚化されれば、もはや活字のときのように想像の中だけで演じられるというわけにはいかないのだ。映像になれば、現実に限りなく近づくのだ。

ファウルズの小説では、二つの一人称的視点を通してクレッグとミランダの間の葛藤を表現していて、これはフローベールやヘンリー・ジェイムズの客観的、視覚的スタイルよりも書簡小説のスタイルにずっと近い。クレッグの語りは、主に彼が味気のない人間であるという理由で、常に味気ない。ミランダの日記だけが色彩と感覚的な細部をたくさん提供してくれる。しかしワイラーの映画では、クレッグとミランダはお互いに直接絡み合い、二人の演技は会話だけで味付けされ、動機と苦悩を表現して行く。二人には長い台詞も、ファウルズの関心を反映したジャーナリスト的論評も必要ではない。クレッグがサリンジャーの小説やピカソの表紙を破るとき、ミランダを象徴とする少数派の信念を理解できなくて破壊しようとする多数派の思いを明確に代弁しているのだ。

小説では、読者はクレッグとミランダ双方の意識の中に入り込んで行く。映画では、冒頭部分のナレーション、そして、ミランダの死への自責の念から完全に解き放たれて、新しい生け贄を探すクレッグのエンディングでのナレーションだけを観客は耳にする。ワイラーは、二人のキャラクターの胸のうちを明かすためには、全編を通してナレーションを利用することもできたであろう。そうしていれば新たな展開を生じたかもしれないが、その反面、押し付けがましくもなったたろう。観客は二人の行動、反応、台詞によって心情を判断する。例えばミランダがクレッグの劇に出演すると、彼女が女優ミランダに変貌を遂げ、男優クレッグに応じて演技するのを目にする。もっと主観的な視点で撮影されていたら、クレッグが幻想を実現しいくことや、ミランダが囚われの身として苦しむことに観客は引き込まれて行ったかもしれないが、それはワイラーが映画化で望んでいたものではない。彼は観る者に自分で決定する余地を残しているし、ファウルズもこの経験主義的アプローチを認めるはずだ。

ファウルズの小説では、日記によってミランダは創造者として位置づけられているし、その点でコレクターと対峙している。ワイラーの映画では、色彩によってコレクターと創造者を対比している。クレッグはずっと格式ばった単調な色を身に纏い、特に蝶のコレクションと比べるとそれは際立ってる。対してミランダは赤毛で黄色いセーターを身につけ、隣人の言い方によれば歴史的記念物である、じめじめしたチューダ朝の屋敷から浮きだって見える。雨の中で格闘し肺炎にかかって青白くなるまでは、顔色さえ生き生きとして輝いている。

ワイラーの『コレクター』は単なる原作の焼き直しだと示唆している批評家は多いが、ここでワイラーは、広角とアップ、わずかではあるが一人称と肩越しの三人称のショットさえも兼ね備えた、全能のカメラを駆使して、ファウルズの原作の持つ二重の一人称的視点の語りを、単に劇的、客観的に描くことを避けているのだ。ワイラーは自分のスタイルの特徴である「節度」を行使している。演出で多用する奥行きのあるアングルもそれである。しかし、ワイラーは、教養上不利な立場に置かれたクレッグと、活気にあふれた芸術家ミランダ、つまりコレクターと創造者の間の葛藤には力を注いでいる。その結果、この映画は、ファウルズの小説の精神を具体化しているという理由だけではなく、「原作の忠実な映画化であるかどうかではなく、映画という形式で成功しているかどうかという、究極の試金石」(Rilla 25) にふさわしいという理由でも、存在意義を持つのだ。

# 注

（1）以下では『コレクター』からの引用は（C…）と略記する。

（2）ドゥワイト・エディンズによれば、ファウルズによってスケッチされた、このコレクターは「固定した体制のイメージを世界に押し付け、偶発事件がもつ実存的含意を否定して、その体制の中で生き続けている」。このようなコレクター／創造者は、「主人と奴隷という相互の隷属関係において、自身のキャラクターに縛られている」（Eddins 205-06）。

（3）ミランダの「彼が欲しいのは死んだ私」という文章に焦点を当てる学者もいる。例えば、グランヴィル・ヒックスは、クレッグは「生命を破壊するまではものを扱えないのだから」ずっとコレクターなのだと考えている（Hicks 19）。フレデリック・フランクリンによれば、クレッグは「ミランダが差し出した生命を完全に拒絶して」性的な誘いにしり込みする（Franklyn 106）。しかし、クレッグが生きているミランダの扱い方を知らないからといって、彼女が死んでいる方がいいと思っているということにはならない。彼は蝶の美しさに恋するようにミランダの美しさに恋をしたのだ。そして蝶に何も期待しないのと同様に、彼女にも何も期待しないで毎日美しさを賛美するために、そばに置いておきたかったのだ。もしも彼が彼女の亡骸を保存したいと思っていたなら、簡単に殺すこともできたし、ロバート・ブロック原作、ヒッチコック監督の『サイコ』〔*Psycho*（1960）〕でノーマン・ベイツが母親をそうしたように、遺体を保存しただろう。

（4）ジェフ・ラッカムによれば、ミランダは「G・Pの思考を収集し、分類し、冷凍した。そのため上辺だけに過ぎないものや、まずもってつまらない突飛な蝶などは頭の中の引き出しに鍵を閉めてしまい込んでいる」(Rackham 94)。エディンズによれば、「G・Pはミランダを独自の芸術家にするために、最終的には自立するようにミランダを『収集』した」(ibid., 209)。さらにラッカムはこう付け加える。「G・Pの影は、記憶を取り除こうとするときにだけ現れてくるが、実は作者のペルソナである」(ibid., 211)。

（5）ウッディ・アレンの一九八五年の監督作品『ハンナとその姉妹』〔*Hannah And Her Sisters*〕の中の激情的気質の老齢の芸術家はG・Pを非常にうまく手本にしていると言えるだろう。マックス・フォン・シドウ演じる芸術家は、バーバラ・ハーシ演じるリーに言う。「君は私から去ることはできない。なぜならまだ教えることが一杯あるから。」

（6）『大いなる西部』『ベン・ハー』〔*Ben Hur A Tale The Chrise*（1926）〕はワイラーがワイド・スクリーンの中でパン・フォーカスを使った超大作である。『ベン・ハー』は初公開当時爆発的にヒットして、数々のアカデミー賞に輝いたが、海戦のシーンでは明らかにミニチュアと分かるセットや、スクリーン・プロセス（合成）を使い、あらが見える。『大いなる西部』では、ワイド・スクリーンを用いて、大自然の地形の広がりを強調し、たびたび巨大な自然のキャンバスを背景に登場人物を矮小化してみせた。この映画も西部の人たちが映画館やテレビに殺到していた時期に公開されている。観客にしてみれば、『コレクター』も、今まで目にしてきた大予算の作品に違いないと考えたのだ。

（7）デラックス・カラーやメトロ・カラーのような他のカラー処理では、処理もずっと簡単で経費も安いが、色合いが褪せやすい。

（8）ファウルズの創作のヒントとなったのは、バルトークのオペラ『青髭公の城』と、庭の片隅にある防空壕に少女を監禁した少年の実話である（Newquist 219）。伝達手段の特質ゆえ、映画『コレクター』を誰か神経症患者が観れば、自分を受け入れてくれない少女を誘拐しようという気になるかもしれない。しかしワイラーの客観的演出と、うまくクレッグそれ自身になりきったスタンプの演技によって、そういうことにはまずならないだろう。

（9）これはミランダが囚われの身となっている環境を変えていったということを示す映画的手法であり、美しい映像の『としごろ』〔*Age of Consent*（1969）〕の中でジェイムズ・メイソン演じる芸術家がオーストラリアの島の掘っ立て小屋を改装する方法にとてもよく似ている。ミランダは、クレッグにG・P作の絵画のような特定のものだけを買い求めてくるよう要望を出したり、命令さえして、この世界を創ることに一躍を担っている。彼女の日記もまた、現実を創作して作りかえる手段であり、口に出して言うべきであったが言わなかった会話を書き連ねている。彼女は絵画だけにとどまらず、日記の中でも創作を行い、とうとうクレッグの舞台の上では様々な役を創作する。その役の一つが自分を解放してくれると信じて。

（10）ヘンリー・ハートは「イングランド担当のロバート・クラスカーと、ハリウッド担当のロバート・サーティスのカラー撮影は、モーリス・ジャールのぞんざいな音楽とは違って、二人の若い役者を助けている」と書いている（Hart 466）が、一九六〇年代の中頃までには白黒での映画化の企画はますます少なくなっていたことを考慮する必要がある。家庭でカラーテレビも増えていた状況を考えると、ほとんどのテレビ番組や映画はカラーで撮影されていたのだ。例えばアメリカン・インターナショナルのような低予算で制作するので有名な映画会社でさえ、安価で色褪せしやすい（そして実際いくつかは色褪せたが）カラーフィルムを使っていた。

（11）『コレクター』の宣伝用ポスターには、テレンス・スタンプが雨で身体をずぶぬれにし、泥の中を不吉なアーチ状の地下室の戸口の方にサマンサ・エッガーをひきずっているところが使われている。そのイメージはこの映画の主題である葛藤と緊張を示唆してはいるが、ファウルズの原作にもワイラーの映画にも含まれてはいないセックスと暴力を強調している。一九六五年六月十七日付けのニューヨークタイムズの広告は、その日のニューヨークのパリ座とコロネット座での世界初公開を伝えていて、スタンプとエッガーの格闘の図版の他、ウィリアム・ワイラーが二人の主役を演技指導している大きな写真が載っている。コロンビア・ピクチャー制作の劇場向け宣伝用スチール写真の中では、ワイラーは両手を宙に投げ出し、エッガーは驚きの表情を浮かべ、スタンプはクレッグになりきって肩をうなだれて、腕をエッガーの肩に掛けている。その写真の見出しにはこうある。

賞取りウィリアム・ワイラーの手の中で、映画というエンターテイメントの偉大なるこの瞬間に、新しい大スターが誕生する。さあ、この手が並外れた映画を作り上げた。原作は大胆なベストセラーで、誘拐された無垢な少女と不埒な若者が一緒に暮らすという名状し難い恐怖。

また別の中判の宣伝には花冠とともに次のコピーがある。「二重受賞。カンヌ映画祭最優秀男優賞テレンス・スタンプ、最優秀女優賞サマンサ・エッガー」。新聞の大判の広告は、普通スリラーによく使われるキャッチフレーズであるが、最初からそれを観るようにと、映画の開始時刻に注意するように促している。

同じ年にコロンビア・ピクチャーズは同じテーマのけばけばしい類似作をリリースした。*Die, Die My Darling*（撮影されたイングランドでは *Fanatic* というタイトルになった）では、タルーラ・バンクヘッドとドナルド・サザーランドがそれぞれ演じる宗教的狂信者と知恵遅れの管理人に見張られて囚われの身となった若い女性をステファニー・パワーズが演じている。この映画は『コレクター』よりも露骨な暴力に主題をおいていて、その上、視点はファウルズの小説の複雑さもワイラーの映画の巧妙さも何も表してはいない。三年後、アメリカン・インターナショナルは *Three in the Attic* をリリースした。逆にこの映画は捕虜のセックスを軽いコミカルな調子で描いている。スティーヴン・H・ヤーファによるシナリオは彼の小説 *Paxton Quigley's Had the Course* を下敷きにして『コレクター』

や*Die, Die My Darling*よりも強烈な性的刺激を主題としている。三人の女子大学生が男子学生を寮の屋根裏部屋に監禁し、「毎日彼と定期的に愛し合い、そしてついに彼の性欲が破壊される」(Robert L. Ottoson 165)。しかし、男性の究極的幻想のようなこの映画はただの思わせぶりである。視覚的には*Three in the Attic*は観客に期待を持たせるが、『コレクター』の入念に編集されたサマンサ・エッガーのバスルームのシーンと大差はない。

# 第三章　『魔術師』
## ――ファウルズの小説とグリーンの映画にみる知覚の個人性

評論家デニス・ハントは、一九六八年に映画化されたジョン・ファウルズ原作の『魔術師』を「実質的には何も明らかにされていない」として手厳しく批判をしているが、それでも脚本家ファウルズと監督のガイ・グリーンがともに、真実の本質や「自己の快楽に没頭する愚かさ」、あるいは、本章の狙いとしても重要な「知覚の個人性」（Hunt 62）の探究を試みていることは大いに認めている。言うまでもなく、この知覚の個人性は、この映画だけでなくあらゆる映画化作品に対するさまざまな批判を決定づけるばかりか、映画化以前に考慮しなければならない原作の持つ重要な側面と言えよう。

視点すなわち知覚の個人性という問題は『魔術師』ではとりわけ大切である。というのも、この長大で複雑な小説は、これまで多くの批評家の注目を浴びたり、映画化の原典となったり、さらには一九六五年の初版発行後作者自らの手になる重要な改訂まで行われたからである。一九七七年の改訂版の新文体を取り上げた論文は少なくない。例えば、マイケル・ボッキアによると、初版本への批評が意味が分かりづらいという否定的なものであったために、ファウルズは、「テーマを明白にする、あるいは人物描写を鮮明にする」という目的で加筆修正し、この作品を洗練し明確なものにしようとした、という。さらにボッキアは、ファウルズがかつてこの小説の副題でもあり映画版の題名として候補に上がった「神のゲームなどについて登場人物に語らせる際に、より分かりやすい言葉」(235-236) を使わせてこの小説の持つ重要な視点を拡げようとしている、と考える。

バリー・オルシャンは、ファウルズに関する著作の中で、「改訂版ではほとんどの章で語彙や文体に何らかの修正が施されている」が、それは初版本の「構造や文体」に批判的な評論家を満足させるためのものではないと考えており、評論家の多くの批判はむしろ「まったく共通点のない要素の統合や過剰なまでの複雑な技巧、自意識過剰な華々しい描写に向けられたものだ (58)」としている。一方、コーリー・ウェイドは、改訂の大部分はほとんど捉えがたいものであるが、神秘的で不可解な技巧を用いた部分を削除したことで結果的には成功している (Wade 716) と言う。また、ファウルズが突拍子もないプロットの流れを改善したので、改訂版の読者は小説の中で今何が起こっているか、これから何が起こりうるかを掴みやすくなったと、ロバート・ハフェイカーは述べている (Huffaker 45)。評論家デニス・ペティコファーによると、「長さや複雑さは変わっていないとはいえ」、改訂版の方が「より明確な焦点化」がなされ、「新たな躍動感」も加えられ、初期の文体の弱さも改められている、という（Petticoffer 584-85）。この点にはファウルズも同感らしく、キャロル・M・バーナムのインタヴューに応じ、改訂版のみを再版したいと語り、「初版本を再版したい人がいるとは考えられない」とも付け加えている（194）。

『魔術師』でファウルズが作りだした神秘の迷宮――中心のない迷路――には、広汎な西欧文明の中から引き出された記憶に残る文化事象がつまっている。(1)　この中で、モーリス・コンヒスは、あたかもシェイクスピアの『テンペスト』中の登場人物プロスペローの魔術を備えているかのように、この迷宮を支配している。とはいえ、その魔術は芸術家や劇作家の魔術の域を出ていない。それは、精神科医や映画監督、音楽の神童やナチスの占領に手を貸して糾弾される元村長などを演じ分けるコンヒスが喚び起こすのが、プロスペローの嵐ではなく、過去のさまざまな場面を演じる悲劇役者たちであるためだ。コンヒスは、ギリシャのフィラクソス島にイギリス人青年ニコラス・アーフェのために上演の場を設け、読者にはメタ・シアターを用意した。といっても、小説の世界でコンヒスがその権威をふるっているのは疑いようもないことであり、また、ちょうど『コレクター』でG・Pとミランダを通してファウルズ自らが語っているように、映画『魔術師』でもコンヒスがファウルズの代弁をしていると確信している研究者は多いが、ファウルズ自身、一人称的視点からのみ物語を語っているわけではない。彼は自らの経験またはフィクションを、あるいはその双方を一人称で語りはするが、それらはやがて劇中の語り部としてのアーフェに引き継がれていくのである。このような手法により、当然のごとくこの小説の大部分は二重枠構造となる。

バーバラ・マッケンジーによれば、一人称は、「視野が限られてくる」ために、「作家にとっては題材を簡単に配置しやすいのだ」(McKenzie 14) という。しかし、いかに簡単なものであれ、ファウルズは、むしろ視野を狭めることなく、物語の全景的世界を描くことを目的として自らが劇中の語り手であることに終始している。『魔術師』よりもはるかに視界の狭い『コレクター』では、ファウルズはさまざまな事件をクレッグやミランダの眼を通して一人称で描いている。『魔術師』では、『コレクター』同様、二人による一人称をとっているものの、読者はアーフェの意識に向けられるよう配されている。コンヒス自身の体験談が一人称で語られていようとも、読者は彼の内面に直接立ち入っていくことはまずないのである。

ファウルズがこのような一人称による認識表現を用いているために、読者はコンヒスの仮面劇が、ロバータ・ルーベンスタインがいうように、「賢者の作品であるのか、あるいは狂人のそれであるのか」を判断しかねてしまう。コンヒスは、第二次世界大戦中にパルチザンたちの処刑にかかわらぬことを選んだ際に、実存的自由という問題に直面させられたわけだが、それと同じように「ニコラスに実存的自由の問題」(2) に直面させるのがコンヒスの狙いであるなら、「ニコラスはたとえ表向きには自らの選択の自由を行使しているように見えても実は舞台裏の人形師に使われている傀儡にすぎないのだ」(Rubenstein 336) ともルービンシュタインは付け加えている。

また、このような一人称による認識表現では、確かに読者はアーフェを通して、ウィリアム・J・パーマーが分類したように、「役者と観衆の境界が故意に取り壊され、観衆も劇そのものの一部となるような劇的な挿話、場面、語り、映画、タブロー」(Palmer 68) によって作り上げられたメタ・シアター中の出来事には参加することはできるのだが、『フランス軍中尉の女』では可能であった読者の創造的活動への参加は否定されることになる。[3]

この一人称による認識手段によって妨げられないのは、アーフェに則した読者の操作である。コリー・ウェイドによれば、『魔術師』における一人称は「読者と主人公の間の共有体験に基づく共感の絆が生まれる一方、主人公の当惑の中に読者を巻き込み混乱に陥れる可能性がある」という。それゆえ、アーフェの惑乱を体験し、「小説は劇だとするファウルズの感覚に端を発するアーフェの試練を強烈にまた共感をもって」(Wade 718) ともに体験する読者は混乱せざるを得ない状況となるのだ。ウェイド自身、この小説を劇とみなしており、それはそれで的を得ているのだが、劇中の、あるいはメタ・シアター中の出来事は語りの部分を完全に包括しうるものではない。例えば、作者が語りの部分において具体的詳細やイメージを視覚的に示していないために、読者は主人公の昔の体験を共有することはできないのだ。

アーフェの昔の体験は、冷静で事実通りを述べる一人称で明らかにされる。事実、アーフェの過去を語る件りは、個人的な体験を小説の材料として描くように依頼された作家が書いた味気ない新聞記事のようなものを彷彿させる。この段階では、アーフェとその友人がクラブを結成し、そこで「彼らが存在と無について議論したりある種の瑣末な行動を『実存主義的』と呼んだりしていたこと」などを読者に伝えながら、アーフェに関する一つの重大な事実、すなわち彼が人生と哲学を混同していたという事実が突き放した調子で語られるばかりである。このクラブの会員たちは、「複雑な感情の様相についての比喩的記述こそが率直な行動規定である」(『魔術師』5,『魔術師』改訂版17)[4]と思い込んでいるために、実存主義的な人物を模倣しようとする。

アーフェは自分が詩人であるという「第一級の幻想」を得て大学を卒業したものの、彼の初期の文体には、『コレクター』のミランダの日記体が批評家に印象を与えたような彩りや感性は見られない。オーストラリア人のステュワーデス、アリソンとの情事に関する件りですら暖かみや躍動感のある描写はほとんどない。アーフェは、ベッドの外ではアリソンの荒削りなところに磨きをかけたり田舎っぽさを直したりする教師であったが、ベッドの上ではアリソンの方が教師であったと読者に対して述懐している(M 23; Mr 35)。彼は、とりわけ「見事に失敗する覚悟を決めて」(*M* 5; *Mr* 17)社会に出たと書いている件りでは、むしろクレッグを想起させるところがある。クレッグとちがって、アーフェは自分の受けた教育がほとんど事実の積み重ねにすぎないものであることを悟っていたとしても、彼にはまだ「真実を知識によって知ることと感性で知ることとのちがい」(Boccia 237)が分かっていないのである。詩人となるテクニックはあってもその見通しはまだないのだ。

アーフェがギリシャに到着したところで『魔術師』のプロローグは終わり、劇としての小説の主要部の幕が開く。それは少なくともごく客観的な解説を脱してアーフェの好む劇化や記述に読者を巻き込むという意味で劇と呼んでよいだろう。アーフェの視覚が特に冴えを見せるのは、彼が詩人としての失敗やアテネで罹った梅毒を悲観して自殺を決意したときである。絶望した彼は自分の死を作りだす以外には何の創造力もない（*M* 47; *Mr* 60）、と諦観し、島の岩場の窪みにひとりでいるように思えたときアーフェは自らの「非在」の「黒い〇の字」、すなわち学校の門番に借りた猟銃の銃口をのぞき込むが、そのとき山羊飼いの少女の歌が聞こえる。そして、彼は空と海が暗くなるのを待つ。ここでの彼の空と山々の描写は詩的で情緒にあふれており、そのため彼には創造力がまったく欠如しているわけでもないということが、彼自身にではないとしても読者には明らかにされる。彼は陸と空が、日が落ちた後も残光を湛えているのを眺める。銃を取り上げたものの、まだ発砲はしておらず、自然と生命に対する新たな感性を得た彼は夕焼けを、「蒼ざめた黄色から明るい黄緑[5]に変わり、やがてステンドグラスの澄んだ青となり、西の山並みの上の空に残っていく」（*M* 47-48; *Mr* 61）残照を見つめていたのだ[6]。

アーフェは自分に美を感じる力があり、忍び寄る夜の闇と「眩いばかりの美」を対比して観照する能力があることを悟ったとき再生を決意する。彼は「存在の両極端」に直面したのだ、とロバート・ハフェイカーは言う。さらにアーフェは、「自らが詩で美学的な生を作りだそうとしたように、自殺によって美学的な死を創造しよう」（Huffaker 55）としていたことを気づきはじめる。潜在的には目的はあるが、実際的には空虚であるという存在と何とか折り合いをつけるようなセンセーショナルな方法で彼は人生を終わらせようとしていた。アーフェは「マキューシオの死」と名付けたこの特別な行動の演劇性に気づいていただけでなく、絶えず誰かのために演技しているという意識を持っていた（*M* 48; *Mr* 62）。誰かに見守られているというアーフェの感覚は小説全体を通じて感得されるが、これは、バリー・オルシャンによると、「常に他人のために演技する必要性、他人に評価される必要性を表している」（Olshen 38）という。新しい感性と同様、はじめてこのような感覚を抱くことで、アーフェはメタ・シアターに関する神秘的な知識を得る態度を確立する。つまり、「論理や議論」ではなく「体験的な知覚」によってのみ機能するもの、すなわちハフェイカーの言う「芸術の修辞性」（Huffaker 237）を体得する態度を確立するのである。結局彼は、自分の真の感情から自分を守り真の感情に接触しないことを目的として自らが考え出した知的なゲームというバリアーを取り去る覚悟をする。自らが作りだしたさまざまなゲームの否定的な効果にすっかり気づくためには、アーフェは、他からの攻撃の的とならざるをえなくなるのだ。

読者も同様に芸術の修辞性を経験する視点に立つが、そのために読者はアーフェの行動を評価し判断を下すべきか、あるいは完全に彼と一体化して究極的には彼とともに裁かれるべきなのか判然としないだろう。前者を選択した場合、読者は判定を下す立場、つまりコンヒスと同じ立場にいると考えるばかりか、自分たちがのぞき見する位置にいると思ってしまう。コンヒスの文体や言葉遣いを別にすると、彼自身、教師である以上にのぞき屋であるのかもしれない。しかし、実はこの視点はコンヒスの立場には直接は繋がっていかないのである。それゆえ、後者の選択の方がより可能性があるように見える。というのも、ジャネット・バロウェイが言うように、読書体験には読者が言葉をイメージに移し替えなくてはならないという程度の読者側の参入が含まれているからである。無論、アーフェと一体化しつつも彼を裁くだけの距離を置く読者もいるかもしれない。しかし、この両方を行おうとする場合自ずからコンヒスがアーフェに与え、ファウルズが読者に与えている権利、すなわち選択する権利を拒むことになる。

アーフェの語りは読者から判定以上のものを期待している、という批評家がいるが、もしアーフェがそう望んでいたのであれば、彼の語りは全体的にプロローグ同様説明的なものでしかなかったであろう。だが、実際はそうではない。アーフェは迷宮の中を深く探るうちに、彼の言葉はますますイメージへの移し替えを要求するようになる。そして、移し替えるという行為は再び参入という形態を取る。アーフェの語りはコンヒスとの出会い以来感覚に訴える表現が多くなることに読者は気づくだろう。例えば、彼がコンヒスと一緒に見た手摺りのあるL字型のテラスからの眺めを描写する件りである。「ペロポネソス半島の山々が青みがかった[7]紫色になり、ガス灯の落ち着いた柔らかな明かりに照らされた白い灯火のように金星が淡い緑の空にかかっていた」(*M* 83; *Mr* 98) この後、アーフェは別荘の柱廊のもとで「部屋から流れ出てきた柔らかい光の中に黒いシルエットとなって佇んでいる」コンヒスを認め、それから読者にその舞台の細部を語るのだが、この描写には自然の円形劇場のごとき場面の背景に対する彼の感受性が見て取れる。アーフェは、かろうじて見える山並みを「木炭で描かれた波」になぞらえ、頭上の星が、故国イギリスとうって変わって「燃え立つように」瞬かず、まるで「透明の油に浸されたように穏やか」（*M* 89; *Mr* 104）に輝くことに気づく。メタ・シアターの神のゲームを体験的に学び始めたばかりではあるにせよ、アーフェはここにおいて芸術家の視点を得たのであった。

一方、コンヒスの方は、当初からアーフェとは異なり読者に色彩鮮やかな画像を描いて見せる。もっともこのような描写は、読者が自発的に抱く不信感を引きずりながら、アーフェが詳細にわたって引用する会話の中に引き継がれているのだが。コンヒスの語りは、殊に視覚的で、読者に彼の個性的な知覚を共有するよう求める。これはあるいは、コンヒスが読者や聴衆の持つ「絵画への一般的な愛着」（Henry James 33）を認識しているからかもしれない。とはいえ、コンヒスの認識するところは実体として視覚化された瞬間だけではなく、個々の出来事の連続性についても同様に考慮に入れているのだ。彼は自分の語りを一つに繋ぐ関係を視野に入れた上で、芸術家として過去、現在、未来という秩序を固定したり創造したりしているのである。この意味で、コンヒスの見方は、自らの人生に自らの嗜好を優先させた秩序のみを押しつけようとするアーフェのそれとはまるで異なっているのだ。(8)

コンヒスは、鮮やかな回想場面の中で、一九一〇年の出会い以来自分の記憶に残るリリーの姿を描き上げている。初めての出会いは、リリーが十四歳のときであり、彼女は「光をはらんだ雲」のような「豊かな淡いブロンド」に燦々と陽が「ふりそそいでいる」、「まじめで内気な」（*M* 99;

*Mr* 114）少女であった。コンヒスの描くイメージはほとんど写真と言ってもよく、時間の中に凍結された視覚的瞬間である。彼の描写は美的に心地よい。ところが、コンヒスにとっては、この瞬間は思い出すたびに彼のさまざまな感情が移入され、生を与えられる。そうして、コンヒスはこれらの感情をアーフェに、「身代わりの芸術体験」（Boccia 237）[9]を通して共有するよう迫るのである。

もちろん、コンヒスの描写のすべてが美的に快いというわけではない。いわば、人生同様信じられないほどの美の瞬間で成り立っている反面、おぞましい醜悪さや暴力沙汰にあふれているのだ。コンヒスは一九一四年のヌーヴ・シャペル村での惨劇についてアーフェと読者に語る。彼が記憶をたぐりながら語って聞かせるのは、砲撃や銃撃の後の地面の惨状、名状しがたい血にまみれた肉片で覆い尽くされた泥地のぞっとするような光景であった（*M* 107-08; *Mr* 123）。コンヒスが残酷なまでに鮮烈に詳述しているために、読者はコンヒス個人の知覚を通して戦争を見、コンヒスがアーフェにそう望むように、「身代わりの芸術体験」によってこの体験に接するのである。しかしながら、この時点で読者が共感しかねるのは、断片的に見える宇宙において美と恐怖がどのようにして共存し、また両者のどちらかをどのようにして人間は自由に選択したらよいのかということに関するコンヒスの理解であろう[10]。

コンヒスの描写は鮮明ではあるけれども、彼自身は優秀な教師の常で、物語以上のことを語ってくれる。彼は、自由の責任を説明する教授法としての神のゲームの中で、いろいろな提示を用意して、ゲームに誘う。コンヒスは相手を操作しているが、それでもなお相手の選ぶ権利を認めている。一例をあげると、彼の最初の提示は二十一歳になった若者全員が振るダイスゲームであり、次に提示したのはギリシャ神話の登場人物たちの演じる仮面劇であった。これらの提示は、後々アーフェを積極的に巻き込むことになるメタ・シアターでの事件に彼を招き入れるためのコンヒスの策略にすぎない。また、読者もアーフェの視点からこれらの事件を見るので、アーフェ同様、劇の中に入れられてしまうのである。

カカタリマスというペンネームで知られている評論家は、「映画好きが映画に夢中になるように、アーフェが事件のいくつかに熱中するとしても」、結局は「どの事件にも完全に心を奪われる」ことはない、という。「アーフェには、目に見えるものは偽り」であっても、「自分がそれらを体験することは真正のものである」(Cacaturimus 263) ことが分かっている。映画は即座の反応を観客に要求するという点では、アーフェの経験を映画好きのそれと比較しようとするカカタリマスの試みは当を得たものであろう。しかし、読書はその性質上、語り手の解釈の受容や拒絶に関してたっぷりと時間を与えてくれるのだ。アーフェがはじめてリリー・モンゴメリーの「亡霊」を見る場面やエジプト神話の人物に扮した役者の隣にリリーの分身を認める場面、そしてまた、第二次世界大戦中に瞬間移動したかのようにアーフェがギリシャのパルチザンやドイツ兵士に遭遇する場面では、読者は、語り手の体験が本当のものだと確信するかもしれない。しかしながら、この三つの体験談の視点にもかかわらず、目に見えるものをまやかしだと証明することに、読者はアーフェほどは関心を持たないだろう。

今は亡き婚約者が、ある夜、この世のものとは思えないような様子で現われる場面では、読者は奇妙で謎めいた気分になる。もっとも、アーフェ自身は、この場面におけるコンヒスの意図、すなわちコンヒスの写真の中のリリーをまさに目前にしているのだとアーフェに信じ込ませようとする意図を見抜いてはいるのだが（*M* 138; *Mr* 155）[11]。この後、学校への帰り道で、アーフェはもはや自分を文学的な人間とは思わなくなり、むしろ「神話の世界に足を踏み入れた」ような「神秘的現在」（*M* 140; *Mr* 157）を体感する。この感覚を読者も同様に抱くとすれば、それはリリーが役者であり、やがて明らかにされるように精神科医であるという事実がアーフェのみならず読者に対しても伏せられているからであろう。仮にコンヒスがそれと分かるような描写をしていたなら、このような奇妙で謎めいた感覚は生まれなかったであろう（*M* 181-82; *Mr* 199）。あたかも現在が一九一四年であるかのようにリリーはアーフェやコンヒスと語り合うが、それでもアーフェは彼女を亡霊ではなく実在の女性とみなす。後に太陽の降り注ぐテラスで、もうひとりのリリーがファラオの石棺の見張りよろしく黒いジャッカル[12]の仮面をつけた男を従えているのを見た際、彼が驚きを禁じ得なかったのは、その光景がオカルト的様相を帯びていたからではなく、この仮面劇の持つ非境界性や非限界性を悟ったからなのである。ありきたりの法則はもはや通用しないのだ（*M* 181-82; *Mr* 199）。

アーフェは二つの出来事の証人の役を演じているために、ある夜リリーとの逢い引き[13]の後にドイツ兵たちに捕らえられたときには、読者は再び何かが起きるだろうと期待する。といっても、読者はアーフェが「重力のようなもの」と考える「現実的な感覚」（*M* 191; *Mr* 209）を同様に抱いているわけではなく、超自然的な、あるいはタイムトラベル的な世界への期待感を抱いて本文に接しようとするのである。無論、この出来事を現実の出来事と捉えているアーフェの疑問点、つまり兵士たちの実戦的装備や彼ら十三名を島に連れてきてリハーサルをするのにかかる費用が余りに現実離れしているという疑問点については読者は問題にしていない。奇術師か映画監督それとも心理学者が、あるいはこの三者が一緒になってまで、なぜこのように手の込んだ茶番劇を行うのであろうか。それも、貧しくて治療費すら払えない患者（*M* 322; *Mr* 376）[14]に対して体験的な出会い療法を施すためだけに。アーフェは自らの現実感覚を信じた上で、論理的で実際的な見地からこの体験を分析しようとするが、この試みによって読者が超自然的な解釈ができなくなることはない。それどころか、むしろ他の解釈の可能性を切り捨てて、超自然的解釈を押し進めていくのである[15]。

アーフェは、彼の語りが示すように、演劇全体を見るのではなくその中の役者を見ようとしている。仮面劇ではなく仮面を見ようとしているのだ。しかし、彼が気づきかねているのは、仮面の下にはまったく別の仮面があるのであり[16]、下の仮面ではなく、上の仮面こそが重要だということである。例えば、迷路に中心があるとしてもその迷路を解く鍵とはならないように、仮面の下の顔も外見とは何の関係もないのである。起源や原因についての説明や分類や研究はすべて薄っぺらな網に過ぎず到底現実を捉えることはできない、とコンヒスは言う。頭のおかしいノルウェー人ヘンリクとの体験を語るコンヒスの話は、アーフェの実存主義者という立場だけでなく通常の法則さえも当てはまらないところに世界が存していることを彼に説いているのだ。

アーフェは魔術的な様相を超えたところにある真実を探し出そうとし、やがて役者がいなくなったブーラニの隠し部屋で「王子と魔法使い」というおとぎ話を見つける。その物語りの中で、王は王子に「魔術の向こうに真実はない」(*M* 480; *Mr* 552) と語る。アーフェ自身が魔術師になることがメタ・シアターという神のゲームの究極の目的であるが、そのためには彼は「自分の周囲の様相のみ必要十分なものとして」受け入れなければならない、とロバート・スコールズは主張する。「このような様相をすべて受容する」ときに限りアーフェは魔術を超える真実はない世界の魔術師」になれる、という。しかしながら、そのような世界で魔術師になることは、「存在を超えた真実のない世界で責任感のある人物になるという小説的な寓意」を含んでいる、ともスコールズは述べている。さまざまな出来事に対して形而上的な説明を加えることに拘泥してきたアーフェの態度は読者には示されておらず、事実、アーフェにメタ・シアターを「形而上的なもの」として考えるように勧めているのはコンヒス自身であるが、アーフェは「存在と引き換えに形而上的なものを捨てたのだ」とスコールズは主張するのである (Scholes 7)。

一方、ロバート・L・ナドゥーは、『魔術師』は、その観念の源が新物理学という物質の科学的考察であるという点で、実存主義者の視点を超越している、と言う。ナドゥーによると、「新物理学では、空間と時間は、時空、すなわち一つに統合された流れの、相互に関連し合う相となり、したがって、この流れの性質についてどのような主張がなされても所詮それらは『相対的』であり、観察者の位置に左右される」(Nadeau 262)のである。世界を堅固で不変なものとするわれわれの観点は、世界が絶え間なく変化を繰り返す過程であると認識する相対性理論の前では、まったく価値を失ってしまう。さらに、ナドゥーは、コンヒスの体験談や「合理主義の限界を説く」神のゲームによる劇的世界は、「理性の及ばない宇宙で理性の役割を実存主義的に解することと同一である」(268)と指摘する。

魔術や謎が寓意として存在以外の真実のないことを示すのであったとしても、あるいは絶え間なく変化していく世界を示すのであったとしても、『アリストス』でのファウルズの言葉は無視してはいけない。「謎あるいは未知は力だ。神秘はいったん解明されると、もはや力の源ではなくなってしまう。疑問を深く追求していけば、答えが与えられるものについては、与えられたが故にすべてが台無しになるという点にたどり着く」(28)。アーフェがコンヒスの偽の墓を見つけた後でも、またアテネの街でアリソンを見かけた後でも、謎は終わりはしない。英国で、本物のリリーとローズを追跡するが、結局アーフェは、長い間待たされた後でハロウィンの晩にアリソンと邂逅する。彼はアリソンに彼女が今や自分の一部であることを告げる。眼に見えるものが真実であり、魔術と謎を超越する真実のないことを受け入れた今、彼自らも、読者同様魔術師の一部となったのである。

小説の最後にいたって、ようやく読者はコンヒスの知識を受け入れるが、それは認識の手段のために一貫して否定されてきたものである。事実、ロバータ・ルーベンスタイン、テッド・ビリー、マイケル・H・ベグナル、ラルフ・ベレッツなどは小説の視界がアーフェを超えて読者を巻き込むところにまで及んでいると言う。ルーベンスタインによると、『魔術師』は実は作者自らの現実と神についての考察である」がゆえに、「芸術家であり魔術師であるファウルズが考えているようにに」、仮面劇が「現実そのものを示す寓意である」(Rubenstein 332) という事実をアーフェと同様に読者も最終的に理解する、と言う。ビリーの主張するところでは、依然として「人間の基本的な欲望を満たそうしながらも、人間が必要とする以上のものを求めるという葛藤に巻き込まれた読者は、主人公兼犠牲者」となる。この小説は「さまざまな幻滅を伴う人間の体験を映しだしているために、そのような鏡像の迷宮には終わりがない」(Billy 141) とビリーは言う。

ベグナルによれば、従来の小説にあるような劇的な語り手とはちがって、「自分自身理解し得ないことまで語り手として読者に述べてそれを理解させる」という点で、アーフェは作者の傀儡にすぎない (Begnal 69)。彼の考えでは、小説の終末は、「主人公アーフェは別にして、読者に何らかの教示を、すなわちこの仮面劇から結果的には何らかの恩恵を受けるだろうという希望を与える」(71)という。作者の意図は、「読者との絆を確立した」上で、読者にアーフェにはできなかった「寓意を解かせる」ことにある。[17] 中心のない迷宮という寓意から考えると、ファウルズが、混沌とした宇宙の中での絆を読者に感知させせようとするのは矛盾しているようにも思える。

しかし、ベグナルは、「『魔術師』における現実は多次元的であり、直接的な表示では対処できない」(69) と付け加えている。

ファウルズは、感覚を通して高められた可能性に満ちたこの仮面劇から、読者が恩恵を受けるだろうと望んでいる、とするベグナルの主張には同意できる反面、アーフェは恩恵を受け得なかったという彼の考えには疑問を余地がある。最終章は、ギリシャを舞台にした中心部よりも解説的な冒頭部と近似している。アーフェの最後の言葉は、特に改訂版では、キーツの「ギリシャの壺に寄せるオード」をほとんど散文に直したものである。アリソンは、永遠の瞬間の中で凍りつき、そこでは動けず、ものも言えず、「赦す」こともできない (*Mr* 656)。コンヒスの抱く十四歳のリリーのイメージと同様、この場面は停止した視覚的瞬間なのである。[18] この場面そのものが現実であり、また、この場面が連続体の一部であるからでも、謎を解く手だてとなっているからでもなく、ただ単に存在するという理由で、意義のある瞬間なのである。

ファウルズは、謎解きには手をつけず、むしろその謎を謎のままにしているので、この謎こそが「この小説の神髄となっている」とベレットは述べている。読者は実際小説を読了した後も、この謎が尾を引いてるような気になる。堂々巡りをするようなプロットが展開されるために、「この小説の構造と文体は噛み合っていない」(Berets 89)とベレットは言うが、この展開によって読者は常にメタ・シアターの身代わり参加者の立場を維持できるのである。読者の視点はアーフェの視点ではなく読者自身の視点となる。このような視点の変化は、ファウルズの技巧によるのではなく、これまで見てきたように、読者の参入を誘うという文学そのものの特質によるものである。

と言っても、読者が小説に参入するよう誘われたり時には強制されたりする部分は映画ではかえってマイナスとなるようだ。『魔術師』のような小説は、説明や文学的な解釈などよりも語りの部分への読者の介入を強調するあげく、知識的にも経験的にも、読者を小説の中に巻き込んでいくために、読者に与える印象は深く独特のものである。このような印象が、小説の持つさまざまなイメージから生じるところでは、読者は自らの心象とスクリーン上の画像とを比較して、それらが自ずから対立していることに気づくであろう。一例をあげれば、「光をはらんだ雲」がリリーの髪の中に捉えられている描写を、美学的に気に入った読者は、映画の画像の中にそのイメージを、すなわち言葉からそのまま移し替えられたイメージを、探そうとするのだ。しかし、初めてクロースアップされたリリーの笑顔は、色あせたアルバムの写真のように白っぽい画像であり、彼女の髪には光をはらんだ雲のように陽光は降り注いではいないのである。実際この場面全体が一種冷ややかに演出されていて、深い恋に落ちた男の温かな追憶を表しているようには到底見えない。おそらくここでは、フィルムのカラー処理に問題があったのだろう。[19] だが第二次世界大戦中にフィラクソス島でコンヒスが味わったドイツ占領軍とのおぞましい体験は鮮やかな彩りで撮られている。

ファウルズの『魔術師』が「月並みで単純なプロット」で構築されているのではなく、むしろ

「さまざまな印象でできあがっている」という事実が、ガイ・グリーンをこの物語に惹きつけた理由である。グリーンは、これは「映画だけが本当に語りうるような類の物語」だと述べた（Green 59）。彼はファウルズこそ「誰にもまして脚本執筆にふさわしい」と思ったが、一方ではファウルズ自身が脚色したものを余すことなく自分が撮影することはできないだろうとも感じていた。グリーンはこの題材を「フィルムにするには多くの解釈が必要であり、また、ファウルズのアイデアは映像には向いているが、アイデアを書き留めるのと、それをうまくフィルムに仕上げるのとでは、大きなちがいがある」と述べている（“Guy Green Talks About *The Magus*” 61）。これこそ監督が視覚を作者の青写真に合わせなくてはならない理由である。つまり、監督は画像という観点から作品を考えなくてはならないのだ。

しかしながら、ファウルズのアイデアが、本からフィルムへ首尾よく置き換えられているかということについては疑問を示す批評家や評論家は多い。彼らの論点は、グリーンの視点は客観的過ぎてファウルズのアイデアを表現できないとか、グリーンは、本来陰に隠れた語り手は「小説を提示し劇化する役目」（McKenzie 12）しか果たさないとするマッケンジーの見方を取っている、といったものであった。例えば、ジョン・ラッセル・テイラーによると、亡霊や謎の描写には、ドライで率直な視点を用いるグリーンよりもフェデリコ・フェリーニの方が向いているのではないかという（“Review...*Magus*” 13）。また、原作の持つの非統合性が「月並みな映像や台詞を性急に用いること」（Wright 127）で解消されているとH・エリオット・ライトが述べる一方、ピーター・バクリーは、「プロットが入り組んでいるので観客は混乱しプロットを見失ってしまう」(Buckley 45) と指摘している。デニス・ハントとウィルフレッド・シードの不満は面白いことに、小説中で謎の答えにたどり着きそれを不条理だと気づく以前のアーフェの心情と軌を一にしている。ハントは「実質的には何も明らかにされていない」(Hunt 62) と不満を述べ、シードは「個々の説明はすべて崩され、結局映画は存在していないのだ」(Sheed 40) と言っているのである。

グリーンの率直な視点が提供するのは、客観的でドキュメンタリー・タッチのリアリズムでしかないとする批評家の意見に従えば、グリーンの映画は、主観的なフラッシュバックが挿入された部分では一種奇妙な寄せ集めとなっている感を認めざるを得ない。事実、あるフラッシュバックにおいて、コンヒスのリリーとの邂逅や彼女への求愛の追憶がアンソニー・クインのヴォイス・オーヴァーによって語られるナレーションは、第一次大戦時代のモノクロの絵やニュース映像の上に実物らしい兵士募集ポスターを重ねた二重画像を背景にして流されているのである。とはいえ、このドキュメンタリー・タッチの映像は、ほんのわずかな時間であり、映画研究家あたりにはアラン・レネの『二十四時間の情事』〔*Hiroshima, Mon Amour* (1959)〕を連想させるかもしれない。この中でレネ監督は、主人公の主観的な記憶の描写として広島市への原爆投下直後の様子を映したドキュメンタリー・フィルムを利用しているからだ。[20] レネは、この映画や『去年マリエンバードで』〔*Last Year at Marienbad/L'année Dernière a Marienbad*〕において、「時間的配列には関係なく潮の満ち引きのように変化するわれわれの心の動きを、他の芸術形態には見られないほどありのままに捉えることのできるカメラ特有の能力」(Armes 86) について語っている。たとえ『ユリシーズ』や『響きと怒り』の程度まではないにしても、このような時間的配列には関係なく潮の満ち引きのような心の動きが求められる小説があるとすれば、それは『魔術師』をおいて他にはないだろうとグリーンは言う[21]。

確かにグリーンは、この小説を映画化するに当たって複雑なストーリーを超現実的な広角画像やズームショットを用いて、曲芸的とも言える特殊効果を駆使せざるを得なかったけれども、彼の視点が客観的だとは言いがたい。グリーンの視点に批評的な評論家は、アーフェの語りが、特に若年時代を詳細に述べるところでは、時間的配列通りであることを忘れているのではないだろうか。アーフェの体験を述べるメインプロットに叙述的描写として挿入されたコンヒスの生涯にまつわる物語のみが、ナレーションの構造を中断させているのであって、具体的に言うと、グリーンの映画では小説中のロンドンでの長たらしい冒頭部分を省略し、必要な説明部分にはフラッシュバックを応用しているのである。このことをグリーンは以下のように説明している。

この十年ほどのうちに映画の観衆は自分たちの想像力を用いるよう「教育」されてきた。上映する側が「フラッシュバックをあまり用いないでほしい……チケットが売れなくなるから。観衆はまるで理解できないだろうから」という時代もあったのだ。しかし、今やフラッシュバックは完全に受け入れられている。伝統的なオーバーラップ手法から脱するよう教育されてきたのである（Green 60）。

ところが、残念なことに、観衆の教育という点では『魔術師』が製作された一九六八年頃に正しかったことは現在ではもはや通用しないのである。[22] グリーンの手法にのみ関して言えば、グリーン自身は自分の手法を伝統的とも客観的とも考えていない。『コレクター』でのウィリアム・ワイラーの視点を客観的と称す批評家だけでなく、カメラは客観的観点などというよりもむしろ全知の世界を形成しているというルイス・D・ジャネッティの言葉を否定する批評家には、グリーンは一切賛同を示さないであろう。

ガイ・グリーンの『魔術師』の冒頭シーンを見ると、監督の視点が客観的だとする見方には疑問を抱いてしまう。実際のところ、タイトルの入る場面が現われるとほぼ同時に、グリーンは主観的な語り技法を思わせるテクニックを、つまりスクリーンに一秒ほど映されるフラッシュバックを用いているのだ。カメラはエンジン音を立ててフィラクソス島に向かうボートを映し、続いてアーフェ役のマイケル・ケインにズームする。現在と過去の時間の並置された中でアーフェの恋人アン（原作ではアリソン）を演じるアンナ・カリーナの画像が突然映しだされる。ワイラーの『コレクター』の冒頭部では、クレッグの語りのみで自分の計画の経緯が簡潔に語られるが、グリーンの『魔術師』では、観客は視覚を通してあっというまにアーフェの内面に入り込んでしまう。内面の出来事は、「構造的にも直線的ではなく組織的であるように、空間的拡がりの中で生じるゆえに、語りよりも描写を必要とする」(Blumenberg 6)とブルーメンベルグはその論文の中で述べている。『魔術師』が直線的構造ではないのは冒頭のシークエンスから明らかである。

ほとんどの映画は、冒頭部の情報を与える作業を、メディア本来の強みを利用した視覚的な細部描写に依存している。「会話があってもなくても、冒頭のショットは、(特に室内で、といっても室内に限定されるわけではないが)一般的に登場人物の性格、あるいは特定の場所で演じる人々の性格を明らかにするだけでなく、視覚的に場所と時間を明示する」(Blumenberg 36)とブルーメンベルグは指摘する。とはいえ、グリーンの『魔術師』の発端部で、このような明示がなされる程度や情報が明らかにされる度合いは驚異的と言えよう。

アーフェがボートを降りてメリに迎えられるたところで、情報は文字や台詞によって直線的に語られることになる。画面にクレジット・タイトルが流れ、観客はすぐにアーフェとメリの名前に気づき、彼らの英語教師という職業やロード・バイロン・スクールで教鞭を取っているという事実、さらにアーフェは自殺した教師の代わりとして急遽やってきたという事実(これも原作と変更した点)を知る。また、アーフェはしばらく女というものから離れたかったということも明らかにされる。カメラはパンして、白い帽子をかぶって興味深そうにアーフェを眺めている日に焼けた男を映すが、この瞬間も、グリーンのカメラが客観的だとする批判を全面的に否定する瞬間である。この男については、コンヒスの助手のひとりであるという事実以外は観客には分からないが、全知の語り手は、言葉ではなく視覚によって重要なことを伝えるのである。

クレジット・タイトルが消えていく中を、アーフェとメリがぶらぶらと学校まで歩いていく映像の後、カメラはオーデンの著作やエンプソンの『曖昧の七つの型』(これはアーフェの視点から極端にクロースアップされる)、さらに「待合室」と表示された紙(これもエンプソンの本の題名と同じようにクロースアップされる)を映しだすが、この時点で観客はアーフェが教師であることに気づく。体育の時間が行われているときに、アーフェは、花を封入したペーパーウェイトの入った小包を受け取る。そして、そこに添えられた手紙を読み始めると、アンのヴォイス・オーヴァーのナレーションが入り、そのペーパーウェイトを自分以上に必要としているのはアーフェだ、と言う。また、アーフェが島をひとりで散策しているときにアンのフラッシュが現われ、続いて彼女のヴォイス・オーヴァーが始まる。「私はあなたのことを愛してないの。深いところ、あなたの心の中の深いところにはあなたとはまったくちがう誰かがいて、その人を私は愛しているの」。ここでアーフェの記憶はとだえ、現在のシチュエーションにもどるが、空間と時間は視覚的画像によって分裂されはしない。

しかしながら、アーフェが人気がないと思って入り江で泳いでいると、たまたま頭上の飛行機に目をやったその瞬間、観客は彼の過去の世界に突然飛び込んでしまう。ある鼻持ちならない出版業者がアーフェを、そして観客を、「自分の極めて絶対的にお気に入りのステュワーデス」であるアンに引き合わせる、ロンドンでのパーティーの模様をすでに見た観客にとって、彼の飛行機を見上げる視点は重要とならざるを得ない。グリーンにしてもファウルズにしても一人称と三人称の視点を、同等の映画的視点で、あるいはマッケンジーであれば劇化された語り手及び制限された語り手と呼ぶ視点で呈示しているが、アンのアーフェに対する質問攻勢の中に、三人称の視点に相当するところから重要で説明的な情報を盛り込むこともできるのである。

コンヒスとジュリーのフラッシュバックにヴォイス・オーヴァーのナレーションを入れることにより奏功した目的は、このフラッシュバックの場面においては、アーフェとアンの会話によって達成されている。ヴォイス・オーヴァーのナレーションについては、ウィリアム・ワイラーは『コレクター』で制限的に用い、カレル・ライスは『フランス軍中尉の女』ではまったく用いなかったけれども、『魔術師』では必要以上に押しつけがましい印象を受ける観客もいるだろう。映画はより映像を使い言葉を少なくする必要があるのだろうか、あるいは小説から必要な素材を取り出し映画に適合させるには少なくとも三時間半は必要なのであろうかと訝しむ観客もいるかもしれない。ロバート・コトロヴィッツは、ファウルズの「知的レベルの高い」脚本を、「凝縮性があり暗示や手がかりに満ちた驚異的な作品」と呼び、実際には「もっと言葉を必要とする」と述べているけれども、「物語に解決を付けるにしても付けないままにしておくにしても、さらに長い時間を要する」ことには同意している（Kotlowitz 111)。

グリーンとファウルズは、「より多くの言葉」に依存するよりも、例えば、抽象概念について議論する人物に焦点を当てたりするよりも、その根底に流れる意味を暗示するために視覚的な手がかりや象徴を提示している。劇場では役者が物語を語ることが主となるのに対して、映画ではカメラが「場面の本質的な要点」を明示するということがグリーンには分かっているのである（"Guy Green Talks About *The Magus*" 61）。それゆえ、グリーンのカメラは、アーフェが水浴びの後に見つけた、T・S・エリオットの『エリオット詩集　一九〇二―一九六二年』というタイトルや本に栞として挟んであった一房のブロンド、木に釘で止めた「待合室」という表示、さらにブーラニの門のところでアーフェが見つけた女物の手袋などのような手がかりに焦点を当てるのである。サウンドトラックにはT・S・エリオットの「リトル・ギディング」の四行がケインの声で朗読された直後に、高らかな鐘の音が入っている。他の重要な象徴としては、微笑やアンのペーパーウェイトがあげられるが、微笑は原作にもあるがペーパーウェイトは原作にはないものである。

　リナータ・アドラーなどの批評家は、『魔術師』の中でグリーンが「示すべきことと省略すべきことをわきまえている」点を評価しているが（Adler 57）、H・エリオット・ライトは、この映画を称して、「文字通りガラス製のペーパーウェイトの中に入れられた造花」に変わってしまう「リトル・ギディング」の四行句のようなものにすぎないとして、「可能性も不可能性も融合して一つの崇拝物となり、セックスも情熱もすべてが満ち溢れて単なる一個の肉体となる」（Wright）[23]と述べている。エリオットの詩行は、クインとケインの二人が終幕で朗読するが、それはアーフェにとってはライトの言などよりもはるかに重要なものである。もっとも、ライトはアーフェはメタ・シアターのもとでも少しも変わっていないと考えているのだが。ライトは、次のように述べている。

アーフェが目覚めると、白い花の入ったガラス製のペーパー・ウェイトに気づく。別荘は見捨てられ恋人もモータボートで逃げたからといって、われわれはニコラスが望みをなくして海を眺めていると思うだろうか。そうではない。彼はきっと丘の向こうにある最寄りの旅行代理店で新たな恋人を見いだすであろう（Wright 127）。

しかし、ライトの意見は軽薄であり、彼は映画の終末における文脈の中で、エリオットの言葉や微笑の意味をまったく考慮していないのである。

「リトル・ギディング」からの引用部分の最初の二行はクインのナレーションにより朗読される。そして、残り二行はケインによって語られるが、その際ケインが演じているのは、アンの生存を知った後、ほどなくして、微笑する像の足下に例のペーパーウェイトを見つけ、ついにコンヒスのマントをまとう、つまりコンヒスを理解したアーフェとなる。(24) アーフェはまた、ケインの最後の表情からも分かるように、その像のように微笑するが、この微笑は当初クインがまねていた微笑なのである。「ニコラスが学ぶ教訓の一つは、彼が生殖の神プリアポスの浮かべる古代の微笑、すなわち人生の皮肉にも理解を示すような微笑を手に入れたことだ」（Boccia 235）とマイケル・ボッキアはいう。ここにおいて、アーフェはついにコンヒスの教訓の意味や選択の自由という責任を理解する。『曖昧の七つの型』でウィリアム・エンプソンが述べるように、またコンヒスがアーフェのために劇にして見せたように、「人生の目的は、物事を理解することではなく、防御と平静を保ち、可能な限り良好な生活を営むことである」（Empson 247）ということを悟ったのである。

ケインの微笑が入った場面で、この映画は終わる。この部分はファウルズの原作にはない。原作は、アーフェがロンドンへ帰ってからも延々と続くのである。にもかかわらず、他の映像的にも構成的にもあまり効果的とは思われない場面とはちがって、この場面は、アーフェが魔術師のマントをまとうことについての寓意として機能している。コンヒスが、リリーの気まぐれな幻想につき合いながら、彼女の自称精神分裂症を治療している精神分析医という身分を証す場面(25)や、リリーが謎を映画制作者とそのスタッフの陰謀として説明するヴォイス・オーヴァーのナレーションの場面は、ファウルズの小説が劇化されている部分である。しかしながら、これらの場面はミステリー映画のクライマックスに続く、ただたどしく一つにまとめられた説明的な場面に似ており、その意味では、グリーンのスタイルが客観的でドキュメンタリー・タッチであるという批判は正しい。とはいえ、それらは原作に忠実に対応するものではなく、原作では、主に会話やアーフェの一人称による視点で語られているために、不要な説明的描写を不器用に映像的に処理した

ものなのである。(26)

グリーンの『魔術師』における最も効果的な場面は、観客の目を、アーフェの視点に、あるいは少なくとも一人称の視野をカバーするカメラの全知的な解釈の中に固定する場面であろう。例えば、観客が、コンヒス役のアンソニー・クインを最初に目にする映像は、彼が快活な調子で挨拶をし、足を踏みつけるようにして別荘のテラスを横切り、アーフェに対面する際の、彼の眼のクロースアップである。このショットは、アーフェの視点を意識しているが、人間の眼はカメラほど広範囲をカバーできない。しかし、空間を枠で囲むという単純な映画的表現は、年齢も時代も感じさせない人物の顔を強調する際の数多い大写しの最初のものとしては出色のものである。このクロースアップは、コンヒスが、インドの石像（原作ではプリアポス神とその勃起した男根）の微笑をまねたり、中庭で演じられる神話風の仮面劇に先だって、燭台の縁越しに目を凝らしたり、あるいは、ウィンメルにパルチザン・ゲリラを処刑するように命じられて、正真正銘の恐怖を感じたりするときの表情と同じく、客観的な視点しか持たない監督が用いるカメラ位置ではない。芸術家であり脚本家であるコンヒスの突き刺すような凝視は、映画全編に一貫して続いているが、観客の方は、彼の視点を通して出来事を見ることはない。例えば、コンヒスは愛想はよいながらも、謎めいた雰囲気を漂わせてアーフェをもてなし、異様な仕草で彼を翻弄する一方、画面外に視線を向けては、安堵の表情を浮かべたりする。しかし、アーフェがコンヒスの視線を追い、続いて、その視点を通して観客が目にするのは、誰もいないバルコニーなのである。アーフェとともに、観客もメタ・シアターの作者に焦らされているのだ。

ファウルズの小説を忠実に映画化した場面は他にも三か所あるが、それらも、観客がアーフェの視点に固定されているという点で、効果をあげている。そのうちの最初のものは、コンヒスがリリーに求愛する話に続いて、観客が初めてリリーの姿を垣間見る場面であり、次はアーフェがジャッカルと一緒にバルコニーに立っているリリーの分身を見る場面であり、最後は、アーフェがやむなくパルチザン・ゲリラの劇に巻き込まれる場面である。

リリー役のキャンディス・バーゲンの登場は、殊に小説を読んでない読者には驚くべき効果をあげており、また、アーフェはそれまでにリリーを写真でしか見たことはなく、カメオの中のモノクロの写真からはスクリーン上で彼女が躍動する姿を視覚的に思い描くことは到底できないために、この場面は純粋に映画的だと言えよう。一方、観客は、コンヒスのヴォイス・オーヴァーのナレーションに気を取られているものの、コンヒスの物語を映像を通して見ており、そのゆえ、アーフェよりも恵まれた立場にいるのである。もっとも、この立場はグリーンやファウルズの意図するところではなかったのであるが。ヴァイオリンとピアノの二重奏を耳にしたアーフェは部屋を出て居間に向かう。ドアが開き、リリーの亡霊を見つめる。彼女は、アーフェが入ってこようとするのをヴァイオリンの弓で制してドアを閉めるが、このときの彼女の顔の下半分は影に包まれている。グリーンは、背景に緊張感を高める音楽を入れたりせず、[27]またズーミングをしたり特撮的な編集を加えたりもせずに、映像を観客にそのまま焼き付けようとする。背後からの照明がリリーにゴシック調の幻想的な印象を与えているばかりであり、その他は彼女の写真やコンヒスの話から連想されるイメージに委ねられているのだ。

アーフェの視点に効果を依存している第二の場面も、原作を読んでない読者を驚かせる場面である。薄いギリシャ風のガウンを身にまとって巨大で真っ黒なジャッカルの前に佇んでいるリリーの分身をカメラが映しだした場面には、アーフェだけでなく、観客の方も宇宙が真二つに裂けたのではないかという印象を受けてしまう。このとき、アーフェは、先ほどまで気楽に冗談を交わしていたエドワード朝の衣装を身につけたリリーを振り返るが、彼女は別のエジプト風の人物に船に乗せられているところだった。カメラは、アーフェの視点を表すかのように本物のリリーに迫っていく。もっとも、人間の眼は、カメラレンズとはちがって実際の視野の一部をカットすることも、対象物にズーミングしていくこともできないのだが。ともあれ、ここでも、効果は純粋に映画的なものになっている。だが、残念なのは、この効果が、コンヒスの配下の役者がリリーの分身を演じるためにマスクをかぶっていることで、あまり奏功していないところである[28]。

観客の視点をアーフェの視野の中にとどめている点で効果をあげている最後の例は、彼が森の教会のところでリリー（ジュリー）ではなく、パルチザン・ゲリラのような一団に出会う場面である。パルチザンとともに、アーフェがドイツ兵に捕らえられるところで、観客はわがことのように恐ろしい体験に巻き込まれたような印象を覚える。ここでは、アーフェと同じように、観客は、戦時中に占領下にあったフィラクソス島で人質の処刑にまつわるコンヒスの話をまだ聞いていないので、それ相応の当惑を感じるのだ。観客は、アーフェがドイツ兵に殴られ、彼を裏切り者と呼ぶパルチザンに唾を吐きかけられるのを見る。つまり、コンヒスがアーフェに対してこのような形でメタ・シアターの説明をするときに限り、観客は自分たちがシナリオもセットもないドラマに参加したことを悟り、またコンヒスがアーフェに対して自分の人生の最終目標を語るときに限り、そのドラマには文脈ができるのである。

比較的長い場面における瞬間を捉えた映像の中にも、アーフェの視点から展開されるために、先に述べた場面と等質的な効果をもたらしている箇所がある。森の教会でリリー（ジュリー）と会うはずになっていたアーフェは、パルチザンゲリラと突如出くわすことになるのだが、その前のシーンで、彼はアンの自殺を告げる切り抜き記事を受け取る。このとき、アーフェはアパートの窓から外を見て、山羊飼いの姿を認める。それは、かつてアンと二人ではしゃいだり、半裸で泳いだりした後に言葉を交わした山羊飼いに似ていると説明される。ここでも、アーフェの視点は彼の連想したものを映しており、会話をまったく必要としていないのだ。アーフェの呆然とした表情と山羊飼いの姿が、悲劇的な衝動を伝えているのである[29]。

裁判の場面でのアーフェの視点はあまり効果的だとはいえない。寝室でアーフェは、コンヒスの部下に彼とジュリーの逢い引きを阻止され、さらに、麻薬を打たれるのだが、観客は、彼がその寝室から地下室へ移動する場面でのみ、その一人称の視点を共有することになる。意識を取り戻した彼のそばを不思議な仮面をかぶった人物たちのぼやけた姿が通り過ぎていき、遠景には魔術師の身なりをしたコンヒスがおぼろげに見えている。だが、この光景はすぐに客観的な視点から見たシーンに切り替わり、観客はアーフェが猿ぐつわをはめられ首輪をかけられて王座に坐っているのを見る。メタ・シアターの登場人物全員が、ということはとりもなおさず、映画全体のほとんどすべての登場人物が、チェッカー盤のようなオプアート〔光学抽象芸術〕調のフロアーを駆けめぐっていくので、観客はまだアーフェの心の中にいてドラッグによる幻覚を体験しているのではないかと思ってしまう。このような解釈は、この映画が公開された一九六〇年代の後半には受け入れられていたのであろう。

『魔術師』の新聞広告や宣伝用ポスターでは、一九六〇年代のサイケデリックな文化的傾向に乗じて、この映画の、特に裁判の場面での不気味な要素が強調されている。リリー（ジュリー）がポルノ風に映しだされている半画面上に、ケインがゆがんだオプアート調のフロアの上で鞭を振るっている画像を載せている広告もあったし、また、一九六八年十二月八日の『ニューヨークタイムズ』には、映画の封切り広告に先だって、二頁にわたる以下のようなキャッチフレーズを掲げた全面広告があった。

魔術師のゲームとは何か？
ゲームは現実。ゲームは謎。
ゲームは愛。ゲームは愛欲。

ゲームは優しく、ゲームは拷問。
『魔術師』の悪徳のゲームは遊戯でなく人生そのもの。
……いや、それとも、死そのものか[30]

ケインの顔は広告の大部分を占め、オプアートの小正方形に分割されている。正方形のいくつかには映画の場面がちりばめられていているが、七個のうち四個は裁判の場面である。

評論家ウィルフレッド・シードは、裁判の場面は麻薬による幻覚だろうと捉えている。広告が示すように、この場面は悪徳のゲームであるかもしれない。ここでは、まず主人公が裁く側となり、続いて裁かれる側となるのであり、また魔術師役のコンヒスの行動は、魔術による謎めいた物ではなく、すべて説明可能な演劇上の操作によるものなのである。役者たちがそれぞれ仮面を脱ぎながら、映画の中の至るところでアーフェが呟いた台詞を復唱した後、アーフェはコンピュータで分析判定され、浅薄で虚栄心が強く、自己中心的な嘘つきというレッテルを貼られてしまう。コンピュータは女性の声で言う。「彼には何の望みもないでしょう」。これに答えて、コンヒスが「もちろん、役者以外には」と皮肉を言い、群衆から哄笑を引き出す。結局のところ、メタ・シアターにおいて演技者以外の役回りがあったであろうか。観客は、メタ・シアターが幻覚であれゲームであれ、ともかく自分の体験としてこのメタ・シアターに参画するのである。彼らもまた裁く側と裁かれる側の役を演じるのだ。

ジョン・カーンとジュッド・キンスバーグの製作になる『コレクター』でも言えることであるが、ジョン・ファウルズの小説『魔術師』からガイ・グリーンの映画に直接移し替えることのできない意味論的要素は映像における相当物や視覚的象徴物に置き換えられている。映画において最も効果的な場面は、小説の中の場面をそのまま描写した部分である。すなわち、このような場面は、われわれが見てきたように、アーフェの視点から描かれており、デニス・ハントのいう「知覚の個人性」を明確に述べたものである。グリーンのカメラは、全知の視点を確立し、フラッシュバックなどの主観的な映画的アクションも取り扱っている。とはいえ、グリーンは、カメラ技法への過剰なまでの依存を否定し、「そのような依存は、少なからず自己耽溺を招いてしまう」と述べている。また、「私自身、考え方が古いので、ストーリーを優先するのだ」とも言っている。要するに、ファウルズの小説が機能するから、それに基づいた映画も機能する。結局、ストーリーにこそ魔術が潜んでいるのであって、映像的なトリックはまったく関係ないのである。ファウルズが言うように、「魔術を超える真実はない……」のである(*M* 80; *Mr* 552)。

## 注

(1) カカタリマスのペンネームで知られる評論家の考察によると、『魔術師』の批評には以下の知識が必要であると言う。

エジプト学・ギリシャ神話・エレウシス祭典、教父文献学・中世文学・魔術、フランス文学・ドイツ文学・英文学全般、タロットカードの寓意・古代スカンジナビア神話・ケルト神話・世界地理、古典ギリシャ語・古典ラテン語・現代ギリシャ語、フロイド主義、第二次世界大戦の歴史と意義・実存主義・カバラ (Cacaturimus 259)

(2) テッド・ビリーの考えるところでは、『魔術師』の批評の多くは、ファウルズが実存主義的人物を作中に配した意図を単純に見過ぎているという。ローズマリー・マクローリンやデルマ・E・プレスリー、ロバータ・ルーベンスタインは、望ましい視点を表明しているが、ビリーによると、彼らはアイロニカルな心象や文字通りの次元での表面的な楽観主義を冷徹に切り崩すために、あらかじめ意図された曖昧さを複雑に配した構図を無視している、と指摘する (Billy 130)。ビリーにとっては、エンディングは曖昧なものであり、神のゲームは存在という矛盾した性質を映しだす鏡像であり、また手の込んだナレーション自体が、「予測のつかない有機的な一連の行動に対する規範」の適用がいかにナンセンスであるかを示すものなのである (Billy 131)。

（3）ウィリアム・J・パーマーは、この効果についてこう言う。

それはロック・ミュージカルの『ヘアー』と『ゴスペル』に比較できる。これらのミュージカルでは、観客が舞台上の役者たちに加わって踊ったり騒いだりする。また、この効果は、ピランデロの劇『作者を探す六人の登場人物たち』の意図にも通じるところがある。この戯曲では、役者と登場人物及び観衆と参加者さらに幻想と現実の間の距離や区別が極めて効果的に問題視されている（Palmer 68-69）。

また、ファウルズの『魔術師』が出版された一九六〇年代に人気のあったマルチ・メディア的演出を想起してもよい。ジーン・ヤングブラッドの指摘するように、このような演出の多くは投影された映像と実際の上演者たちとを組み合わせ、以前にはないような方法で観客を巻き込んだのだった。

（4）『魔術師』及び『改訂版魔術師』への言及は以下、それぞれ M 及び Mr と注記する。

（5）"*pale green*" は、改訂版では "*pale-green*" とハイフンが付されている。

（6）ファウルズのイメージの鮮烈さは一般的にイマジストの詩を、特に、イメージを「瞬時において知と情の複合を表すもの」とするエズラ・パウンドの定義を読者に想起させる。「イマジストの禁止事項」においてパウンドの定めた規則の一つに抽象と具象の混合の回避がある。「この混合は自然物は常に適切な象徴であるということを作家が実感していないために起こる」とパウンドは言う。これと同じように、ファウルズは作品の中にちりばめたさまざまなイメージの関連を明確には示していない。例えば、『魔術師』ではこのような関連を見いだす作業はアーフェや読者に委ねられているのである。

（7）ここでも、“*pale green*”は、改訂版ではハイフンが付されている。

（8）自分を不快にする出来事をアーフェは記憶から消そうとする。といっても、自分自身のイメージを正当化する出来事は残そうとする。アーフェはアンリ・ベルグソンが継続的時間に関して「未来を浸食し、前進するにつれて膨張していく過去の継続的進行であり、過去が休みなく増大していくように、過去の保存にも際限はない」と規定した定義を無視している。ベルグソンとすれば、アーフェに向かって、「記憶するということは、引き出しの中に思い出をしまっておいたり、記録簿にそれらを記入するような機能ではない」（Creative Evolution 7）というところであろう。ベルグソンは継続的時間を、瞬間の粒子に、すなわち、瞬時性しか持たず、何の持続性もないものに、分解するとみなす人々の範疇にアーフェを分類するかもしれない。一方、コンヒスは、瞬間を結びつける統合性を考える立場であるが、こちらも、ベルグソンが言うように、持続性があるとは言えない。「というのも、仮説上継続的時間の中で本当に持続性のあるものは個々の瞬間が幾層にも連続していることに起因するから」である。この分解と統合という二つの観点において、ベルグソンは唯一独特の継続的時間、定めない方向に定めない力で流れていくる底もなく岸もない河のように、すべてを運んでいく継続的期間を想定している。コンヒスやアーフェの観点は「この流れを一面の広大な拡がりの中に、あるいは水晶玉に嵌められた針の無限性の中に凍結するものであり、常に観点の固定性を共有する物質の中に嵌め込もうとするのである」(Metaphisics 47-48)。

ウィリアム・フォークナーは、人工的に固定され孤立した単一の瞬間に対して運動エネルギーの多くを集中する際には、自分の著作にベルグソンの影響があることを明らかにしている。リチャード・P・アダムズは、この技法が、奏功した場合にはいかに人生が一つの出来事に凝縮されているかを指摘している。「この凝縮が引き起こす出来事の乱雑性によって、われわれは、時間を一つのまっすぐな細い糸の上の定点に出来事が示されているようには考えられなくなり、むしろ、先が真ん中で絡み合って両端が見えなくなった糸の固まりやもつれのように感じるようになるのである」(Adams 7)。

(9) マルセル・プルーストは五感を通して過去を取り戻すことについて書いた。五感を通さなければ知性の及ばない、われわれの疑うべくもない何らかの物体に(その物体がわれわれに与える感覚作用の中に)潜んでいる過去について書いた。

プルーストは、ライム茶と小さなマドレーヌケーキを味わったことがきっかけになって、それらの味覚だけでなくそれらから連想される、長い間打ち捨てられて、すっかり忘れられていた記憶を取り戻すのである。人々はとうに死に絶え、物品も壊れて粉々になるだろう。しかし、その芳香や味覚は魂のように長く漂い続ける。他のすべてが崩壊した中で、われわれに思い出してもらおうと、自分たちの瞬間を待ち望みながら。記憶の広大な構造はこれらの香りや味覚のエキスの入った小さく微妙な滴りの中にあるのだ(Swann's Way 34-36)。

（10）リチャード・エルマンの指摘によると、エズラ・パウンドは、現代世界の断片性は、まさしくそれ自体が特質となっていると考えているが、同様に、コンヒスがアーフェに見せる歴史絵図は一見したところ本質的に異なる断片素材によるコラージュである。パウンドとコンヒスのケースにおける目的は、このような断片性の開発であり、これは、パウンドが全洞察の中の魔法的瞬間と表現したものを事実と心象の収集によって喚起するものである（Ellmann xxvii）。

（11）ファウルズは叙述描写でcuriosaという語を用いているが、これは改訂版では斜字体となっている。

（12）改訂版ではdogという語は落ちている。jackalという語だけで十分である。

（13）改訂版では、アーフェとリリーは裸で泳ぐ。

（14）ファウルズは改訂版で、ここでのアーフェの反応を誇張している。panic の前にadrenalin という語が使われ、I felt が my attitude の前に挿入されている。

（15）例えばヘンリー・ジェイムズの『ねじの回転』の読者の多くは、クイントやミス・ジェセルの亡霊は女性家庭教師の心の中だけに存在するのではないと信じたがる。しかしながら、心理小説の書き手としてのジェイムズの名声に頼る読者は、幽霊は語り手に対してのみ実在するのだと主張するのである。この心理劇の奇妙な映画化の例は、『カリガリ博士』（一九一九年）やそのリメイク版『*The*

*Cabinet of Caligari*』(一九六二年)に見られる。

(16)「魔術師はニコラスに対して、仮面あるいは仮面劇の形態でほとんど終わりのない一連の謎を作りだし、その間ニコラスは一つの仮面を暴くが、それはただその下の仮面を見つけるだけのものであった」とロバータ・ルーベンスタインは述べる。ルーベンスタインは、現実を「玉葱のようなもの」と捉えている。「無限の皮があるが、結局は中心には何もない」と言うのだ(Rubenstein 332)。

(17)読者にこのような関連を感知させるのも批評家の主な役目であるということを、リチャード・ピーターソンはわれわれに思い起こさせてくれる。

(18)『魔術師』の原版では、最終段落は the autumn trees で始まる。改訂版では、第三文に、凍結された現在への言及とともに、suspend という語が付け加えられている。

(19)『魔術師』を配給した二十世紀フォックス社は、一九五〇年代前半からデラックス・カラー現像所を使っていたが、おそらくここでのカラー処理行程に大きな欠陥があったようだ。ロベルト・コトロヴィッツは、マジョルカ島の青空や緑の葉群、ピンクと白の浜辺に言及し、フィラクソス島そのものを映しているようで申し分ないとしている(Kotlowitz 111)。また、『タイム』に掲載された匿名評では、「グリーン監督が紺碧の空や透き通るような地中海を撮ることで物語に永遠性や伝説作成のニュアンスを与えている」とある(“Orpheus Now” 83)。しかし、透明でクリアーな色調やイメージはシネマスコープ上ではしばしば白っぽくぼやけており、安物の映画でよく見かけるざらざらした画像のようにも見えてしまうのである。

(20) ロイ・アームズは、レネ監督の『二十四時間の情事』は時間を扱う手法によってその独創性が明らかになっている、という。「他の芸術形態の語りによる因習的な技法は一切使わず、単に映画の持つ過去と現在を連続的な流れの中に融合する能力を用いている」(Armes 86)。現在の時間と過去の記憶の融合を試行したアメリカ映画には、エリカ・カザンの映画『アレンジメント／愛の旋律』〔*The Arrangement* (1969)〕がある。この映画の主人公は、出世を果たした広告代理店の営業部長で、生活上実利主義的な面に重点が置かれることに嫌気がさし、自殺をしてしまうというものである。

(21) グリーンは、フランスとイギリスの映画表現のおかげで『魔術師』を自由に作ることができたと認めている。さらに、時間の節約や映画の進行のための「突然のカット」を使い過ぎずに、観衆にも受け入れられるような新しいシネマ言語の一部を用いている、と述べている。

(22) 一九八〇年代までには、観衆はグリーンの言及する時代以前のレベルに戻ることを要求し、期待した。英米の映画は以前ほど想像力や知性に訴えないものが主流となった。時間の構造に関する実験的映画は、ハイテクを駆使した豪奢な映画や若者向けコメディー、続編ものなどに屈してしまった。

(23) しかしながら、アン役のアンナ・カリーナはこのペーパーウェイトに他の意味も持たせている。アーフェは二度目に村を訪れた際、エドワード朝の衣装をまとったキャンディス・バーゲンの最初の写真だけでなく、アンに貰ったものに似たペーパーウェイトを目にする。このことが引き金になって、ロンドンのフラッシュバックが入り、ギリシャに発つ前のアーフェとアンが映しだされる。アンはそのペーパーウェイトは自分にとってすべての核心を表すと説明して、「これは、物事の核心には、決して汚してはいけない、うらぎってはいけないものがあるということを表しているのよ。そんなものは、私にはまったくないのだけれど」という。この短い対話や象徴は、映画の中で再現され、この小説の実存主義的なテーマを、そしてアンの混沌とした宇宙の現実的な中心を暗示している。ペーパーウェイトがアン自身の実存の象徴であったとしても、彼女はアーフェを実存主義小説のように生きようとしている人物だと二度述べている。

(24) コンヒスも同様に、現実の瞬間の一つ一つが未来の瞬間であるとともに過去の瞬間でもあるということをアーフェに示すために、エリオットの「バーント・ノートン」の最初の行を置いてもよかっただろう。時間はすべて「永遠なる瞬間」(Eliot 175) なのだと。映画は特定の詳細を即座に示しながら、われわれの知覚レベルに働きかけるので、「バーント・ノートン」の最初の行の方が、実際に使われた「リトル・ギディング」よりも、映画『魔術師』には適切だったであろう。ベルグソンの影響を受け、さらにグリーンの映画に影響を与えたアラン・レネの『去年マリエンバードで』に見られるように、過去のイメージは現在に影響を与える。映画技術は視覚的にモーリス・ワイツがエリオットをどのように解釈しているかを示すことが可能であり、特に「あらゆる一時的な経験は現在のうちの、あらゆる瞬間の中にある」とか「過去、現在、未来さらに可能性が、常にわれわれとともにある終点を指向する……」(Eliot 145) という箇所を示すことができるのだ。

(25) この場面は「映画の中の映画」を含んでいる二つの場面のうちの一つである。すなわち、アーフェとエドワード朝の衣装をまとったリリーを撮ったカラー部分をも収めた十六ミリフィルムに、リリー(ジュリー・ホームズ)を映した場面である。これは、撮影所内に大きなカラー現像所があったとしてもおそらくすぐには現像できなかったようなフィルムである。

(26)『魔術師』の初版本は、映画作品や一九七七年の改訂版よりも、神秘的で超自然的な出来事を強調している。神秘性が、われわれが宇宙の「混沌を扱う」ような学問的体系の一つとなるほどはっきりと示されているのである(Boccia 241)。改訂版での、さまざまな出来事に対する心理学的説明が強調されているのは、ジュリー役のバーゲンが歩く死体のまねをして腕を前に突き出すことで彼女の当初のリリー役を風刺する一方で、映画製作者と精神医という別の役をこなすコンヒスを映しだす一九六八年製作の映画の影響を受けたのかもしれない。ジュリーがアーフェに亡霊としての自分を好むかと尋ねた上述の場面のように、視覚や言葉による説明が、映画の効果を引き出す場合もある。この映画の派手でオップアート調の世界は、時として前場面で生み出された緊張感を消してしまう。ところが、原作では説明が、謎を秘めた出来事と同様に非現実的なものとなっているのである。

(27) ジョン・ダークワースによるグリーンの『魔術師』の音楽はモーリス・ジャーによる『コレクター』の音楽ほど目立たず、しかも、残念なことに、記憶にも残らない。グリーンは、アンを思い起こさせる旋律や、コンヒスのピアノとの二重奏で、亡霊のごとくヴァイオリンを演奏するリリーのテーマ音楽としてクラシック音楽的な旋律を観客に聴かせる。ハープは、楽器の中でももっとも忘れがたいような繊細な音を奏でる楽器であり、古代ギリシャを彷彿とさせるかのように断続的に用いられている。

（28）シナリオの本来の意図は原作の双子の姉妹を登場させることではなかったか、と訝しむ向きもあるだろう。しかしながら、この意図は同じ女優に演じられる双子をスクリーン上で同時に登場させるのは混乱を招くということで排された。分身はこれまでにも何度となくＳＦやスパイ映画で、あるいは『００４／アタック作戦』〔*Start the Revolution Without Me*（1970）〕のような陽気な笑劇でも、光学的効果により用いられてきたが、そのトリックは、主流映画への信頼を失墜させるおそれもあるほどほとんど信用できない類のものであった。ヒッチコックでさえ、『めまい』〔*Vertigo*（1958）〕ではキム・ノバック演じる人物の分身を登場させるのは、最初の片方を殺してからであった。

ローズ（ジューン）の役はファウルズの持ち札の中では、小さなカードにすぎないものであり、ゲームの中で用いるほどの価値はほとんどないようだ。アリソンの存在のためにコンヒスのメタ・シアターから除外された双子の姉妹は単に、熱情と清浄、娼婦と聖女といった男が、女に対して抱く二律的な概念の半分を表象するにすぎないのである。ドワイト・エディンズは、詳細にアニマ概念を論じ、ポルノ画像に引き続いて行われるライブ・パーフォマンスで例の黒衣をまとった男と性的関係を持つのはジュリーではなくジューンだろうと指摘する（こういう場面はグリーンの映画にはないのだが）。

「このようにして、アニマは(ジュリーが指摘するように)百合の清浄さと薔薇の無差別的な性交衝動として理解されるのである」(Eddins 215)。

(29)アーフェ役のマイケル・ケインの演技に批判的なハントとはちがって、『バラエティー』誌のマーフはケインが「いつもとちがってはるかに動的であり、その結果、彼は独力で観衆を理解の基準やさまざまな視点の探索へと導く」という(Murf 32)。レナータ・アドラーもケインの「本質的に受動的で当惑した」演技を、「彼がコンヒスと交わす現実的非現実な取引にはふさわしいものだ」と認めている(Adler 57)。コトロヴィッツも同様に、ケインが「アーフェの開放的な性格を完全に自分のものとしており、どんなことも彼には起こり得るし、また起こるだろうが、それこそがケインの完璧なまでに現代風の微笑の中に示されたメッセージなのである」と主張する(Kotlowitz 111)。

(30)game という言葉は七度使用されているが、これは映画の題名が *The Godgame* であれば重要となっていたかもしれない。しかし、なぜ広告部門が、"*The Magus game*" という言葉が客を惹きつける文句になると考えたかはそれ自体不可解である。『バラエティー』誌の示唆するところでは、この映画の興行成績は振るわなかったが、それは「監督が映像化した巧妙な謎解きの部分が、謎を謎のままにしておくために省略されたからだ」という。謎は保持されたものの、観客が時間があれば原作を読んで分類したり解釈したりできるような曖昧性を、スクリーン上で見いだす準備ができていなかったのは明らかである("*Is 'Once Enough' for Guy Green?*" 13)。

# 第四章　『フランス軍中尉の女』

## ——小説の全知の視点と映画の全知の視点



　バーバラ・マッケンジーは、文学における全知の話者、あるいは特権的な語り手は、あらゆる語り手のなかで最も自由な存在で、読者に物語を語るときは、情報を中断することもしばしばあることを、私たちに思い起こさせている。語り手はこの特権的な視点によって、どんな立場からでも行動できる自由とともに、要約し、解釈し、熟考し、判断する自由を得る。作者はときとして物語が作り物であるということを強調するために、「語りのからくり」に読者の注意を引きつけようとする、とマッケンジーは付け加えている（McKenzie 10-11）。

　小説『フランス軍中尉の女』において、これこそファウルズのねらいであった。シェルダン・ロスブラットによれば、ファウルズは、「客観と主観、認識された世界と認識する主体の区別」を解消するために、このような形態を選んだのだという（Rothblatt 355）。ところが、私たちが映画『フランス軍中尉の女』を考察する際には、この区別は変化する。とりわけ、スクリーン上の「認識された世界」と、映画館の観客という「認識する主体」との区別がそうである。ピーター・J・コンラッディが「小説の実質と対応する映画の相同物」(Conradi 48) と呼んでいるもの、つまり「本当の意味で、小説の真の主人公」であるとコンラッディが信じている「語り手」と同等のものを、脚本家は探し当てなくてはならない (42)。一九八一年の、ハロルド・ピンター脚本、カレル・ライス監督の映画『フランス軍中尉の女』では、画面に登場する人物や画面に現れないヴォイス・オーヴァーによってではなく、客観的な視点と一人称、三人称の視点を結びつけて、スティーヴンソンとデブリックスが「中間のショット」(Stephenson and Debrix 69) と呼ぶカメラの動きによって、小説の全知の視点を表現している。

ファウルズは『コレクター』に一人称の視点で語る二人の人物を登場させ、そのうちの一人クレッグが出来事を支配する舞台監督の役割をしている。『魔術師』では、コンヒスが、アーフェと読者を迷路に導く舞台監督である。ところが『フランス軍中尉の女』では、ファウルズは、小説家としての自分の存在を作中で感じさせ、舞台監督の役割も自身で担っている。ファウルズは、しばしばヴィクトリア朝のイギリス人の信念や道徳観を二十世紀のものと比較したり、物語に当時の歴史上のおもしろいエピソードを織りまぜたりしている。彼はまた、小説の結末以降も続く、登場人物たちの人生についても語り、またあり得る結末を三種類にわたって読者に示したり、小説の中に登場人物として現れたりもする。

ファウルズの小説は、ヴィクトリア朝の人々と二十世紀の人々を比較し、ヴィクトリア朝の私生活や公的生活に関する詳細な検討をおこなっているが、だからといってフィクションの部分をおろそかにしているわけではない。実際ファウルズは「事実の記録を伝えようとするような伝統的な語りの口調」と、「フィクションとして考察できるよう、真実だという幻想を打ち破る意識的なやり方」とを組み合わせているとフレデリック・M・ホームズは指摘している（Holmes 184）。このフィクションの要素のために、ファウルズは全知の語りの様式を用いる。それは「読者と直接向かい合うための、すべてを知り、ものごとを仕切る構え」である。「彼は物語を語るだけでなく、物語を批判し、説明するために、気が向いたときはいつでも物語に割り込もうとしている」とピーター・ウルフは言う（Wolfe 126）。さらにコンラッディによれば、「ファウルズは「ヴィクトリア朝と現代の両方の時代」を記録し、二つの時代――主題とされている時代（一八六七年）とそれが書かれた時代（一九六七―六八年）――が関わる様式の闘争」の仲裁者もつとめている（Conradi 42）。

しかし全知の視点による様式は、作者が歴史を報告するだけでなく、また単に歴史的な文脈のなかで登場人物と状況を創出するだけでもなく、時代錯誤の性質を強調しつつ、「時代遅れとなった小説のスタイルをも同時に蘇らせているのだ」、と読者に気づかせてくれる（Holmes 185）。作者は、歴史だけでなく文学史にも光を当てているのである。これを作者は「登場人物の内的生活」まで明らかにする「語り手の全知」という「小説における権威」を通しておこなう（Holmes

185）。いかなる本当らしさ、あるいは歴史的なリアリズムも、あらゆる真実の幻想を意図的に中断する語り自体からではなく、作品のコンテクストからじつは生じているのである。

『フランス軍中尉の女』の語りによって、読者は物語中の出来事を実際にあったことだと思い、小説を歴史的なテクストだと考えてしまうかもしれない。しかしファウルズの小説におけるリアリズムをあつかっているA・J・B・ジョンソンの論文は、「現実の出来事に対する歴史家の関係と、物語中の出来事に対する小説家の関係」との区別を鮮明にしている。歴史家がいなくても、現実の出来事は起こる。しかしフィクション上の出来事は小説家がいないと起こらない（Johnson 298）。これは単に記録の問題ではなく、創造の問題である。いうまでもなく、印象派絵画が報道写真とまったく異なっているのと同じように、記録と創造はまったく別だ。歴史は特定のことを表現するが、アリストテレスが『詩学』第九章で語っているような「普遍的なことを表現するから、歴史よりも哲学的で高次元である」詩あるいは小説は、実際に起こったことではなく、起こるかもしれないことを、「可能性の法則に照らして、ある種の人間が折に触れてどのような言動をするか」を示しているのである（Butcher 35）。

もちろんファウルズは『フランス軍中尉の女』という物語を創造しているが、彼の見方は後世からヴィクトリア朝を回顧している歴史家のそれにとどまっている。彼が創造した登場人物は、アリストテレスの可能性の法則に従って語り、行動する。彼らは歴史上の特定の人々ではなく、典型的なヴィクトリア朝人であるという理由で、普遍的である。しかしファウルズは、まるで歴史家が実在の人物について語っているような調子で、彼が創造した人物について語る。例えば、読者は物語の主人公チャールズ・スミシソンの昔の体験を共有していない。もし作者が具体的な叙述やイメージで読者にありありとした調子で語っていれば共有できたかもしれないのだが。代わりに、読者はファウルズの全知の語り手によって、チャールズがケンブリッジ大学の二年生のとき悪い仲間に引き込まれて、ついに「裸の女に抱かれてしまった」ということを知らされる。罪悪感にさいなまれて、彼はその下町女の腕のなかからとびだして教会へ向かう。そのとき彼は「聖職に就きたい」と父親に願い、恐れをなした父は急遽息子をパリに旅立たせる。そこでチャールズの「翳った純潔は、無残なまでに汚れてしまう。彼の聖職に身を捧げようという望みも、父親の思惑どおり、すっかり失われてしまったのである」(*The French Lieutenant's Woman* 14)[1]。『魔術師』でファウルズがアーフェの少年時代を淡々としか説明しなかったように、ここでも、読者が共有するかもしれない虚構の世界の暖かみや鮮烈な叙述にはほとんど出会うことなく、新聞や雑誌の記事のような歴史的事実の記述に接するのである。

物語中の出来事が単に示されるだけでなく、読者のために劇として提示されているのであれば、読者はそこに参加していると感じるであろう。つまり、出来事が起きた後に、それらを聞かされるだけの傍観者という立場ではなくなる。読者自身の創造的能力によって、読者は一人あるいはもっと多くの登場人物と一体化し、物語のなかに入り込む。実際、作者の解釈もなく繰り広げられる出来事を読んで、読者は全知の語り手／歴史家の見方にすべてをゆだねるというよりも、自分自身の判断によっている、と思い込む。アリストテレスが『詩学』第十九章で主張していることだが、「演説でねらう効果が演説者によって、演説の結果として生み出されるように、出来事を言葉で説明するのではなく、出来事自体が語るのでなくてはならないということである。なぜなら、もし思想というものが、言っている内容とまったく別箇に現れるのなら、演説者の仕事などまったく何の価値ももたないといえようから」(Butcher 71)。

十八世紀、十九世紀の小説家にしばしば見受けられる、「物語の策略を教え、場面の転換を助け、解釈的コメントをはさむような特権的な語り手」による視点を用いる作者であれば、残念なことに、「リアリズムの幻想」を壊してしまうこともあるとマッケンジーは述べている(McKenzie 10-11)。ユージン・ヴェイルが指摘するように、「現代人の心性」は、「聞くことに飽きて」しまってからも長い間視覚的効果に引きつけられたままでいるので、結局、この「ありのままだという幻想」は言葉での説明よりも人々を引きつける。「視覚からの印象は、われわれにとって催眠術に近い力を及ぼす」と彼は確信している(McKenzie 27)。『魔術師』のなかで、アーフェに対するコンヒスの催眠術的な力は、コンヒスの述べる内容ではなく、自らの教訓を説明するために、彼が演出する実際の演技によって生み出される。コンヒスが語る話は、五感に訴えかけるため、物語は鮮烈である。だが、語りかけよりも演技に生徒を巻き込んだのは、教示のやり方としてより重要でうまいやり方であることが分かる。『フランス軍中尉の女』では、生徒はチャールズ・スミスソンで、セアラのチャールズへの催眠術的な力は、コッブの堤防に立つ彼女を彼が初めて見たときの第一印象から始まっている。

　とても奇妙なことだが、小説『フランス軍中尉の女』は視覚的な印象に訴えることから始まり、このような心的イメージによって、作者の頭のなかで作品の構想が練られていく。ラーマン・K・シングのインタヴューで、ファウルズは「背を向けた女性の奇妙な姿」にとりつかれたが、そのイメージが初めて浮かんだとき、「かつてこのような女性が実在したなどとは思えなかった」と語っている（Singh 190）。しかしファウルズも、彼が創造した登場人物チャールズ・スミスソンも、「このイメージが意味しているもの」を発見しようという思いにとりつかれ、ファウルズは「書くつもりのなかった小説」を書き、チャールズは「生きるつもりのなかった人生」を選ぶ（Scruggs 111）。ポールトニー夫人でさえセアラが海を見つめる姿を「挑発的」だと言っている。だが、このイメージが強烈であるにもかかわらず、ファウルズはセアラ自身の行動の描写を通して以上に、彼女に関する情報を読者に伝える。物語の中心に位置し続けるのは、セアラでもなければ、チャールズですらない、言葉での説明をおこなう語り手の存在なのである。

　セアラ・ウッドラフが、十九世紀の典型的な女家庭教師《ガヴァネス》ではなく、女性にとって「自由」という言葉が大して意味をもたなかった時代にあって、自由を求めて闘っていく女性である、と読者は実感する。同じように、彼女が服装の趣味だけでなく、抑制ある田舎の人々の因習的道徳に縛られたままではいたくないと考えている点でも、典型的なヴィクトリア朝の人間ではないとわかる。ところが、こうした理解は彼女の行動の性質からよりも、それらに関する説明によって読者に明かされるのである。例えば読者には、セアラが「彼女と同様の女性」よりもはるかに小説と詩を読み耽っていたことや、「この二つの自分だけの聖域」が「実体験の代用物」となっていることが分かる（*FLW* 97）。また、アーフェや、彼のシェリー酒好きなオックスフォードの友人たちは、実存主義の小説のアンチヒーローを真似ようとして「感情の複雑な様式の隠喩的な記述を率直な行動規範と取り違えてしまっている」（*M* 5; *Mr* 17）のだが、彼らと同じように、セアラもまた、周囲の人々を小説の登場人物に見立て、彼らをウォルター・スコットやジェーン・オースティンの小説の基準によって判断していることにも、読者は気づく（*FLW* 53）。この小説の全知の語り手と同じく、セアラも虚構の「真実（あるいは真実でないこと）」のなかに歴史上の事実よりも価値を見出し（*FLW* 97）、（ヴァルゲネスに誘惑されたという）自分自身が作った虚構を用いて、「ヴィクトリア朝の因習的道徳のしがらみから抜け出そう」とする（Holmes 195）。読者は、彼女がチャールズに物語を語るとき、虚構を作っているのを目の当たりにするが、この謎にみちたヒロインについての詳細はほとんど、彼女の行動から分かるのでもなければ、彼女の意識に近づくことで明かされるのでもない。ファウルズ自身による全知の語り手の説明で分かるのである。

しかし一九八一年にファウルズの『フランス軍中尉の女』を原作にした映画が作られたときには、（音声を入れられるようになって六十年も経過していながら）いまだに視覚に訴えることを最大の特徴とする映画に、全知の語り手による説明を移し入れる方途を見出さなければならなかった。監督のカレル・ライスは「原作の小説でおこなわれているように、受け手に」直接語りかける作者を使うことはできないと分かった（Kennedy 28）。ファウルズでさえ、「映画版に語り手を登場させる」案を拒否したと、ハロルド・ピンターのシナリオに関する論文のなかでジョアンヌ・クラインは述べている。作者は「小説の膨大な量を圧縮して映画言語でその形態を表現する」ことを優先して、「面倒で時間をとる」仕掛けを避けたのだった（Klein 147）。「個性的な特徴と独創性を有するこの小説の語りの声は、自己参照的で、複数の結末をもち、すべての浸透した音調が作用している」が、これらを映画で伝えることができるような構成を考案することによって、監督、作家、脚本家はその挑戦をおこなったのだった。「現代の情事」を描き、それが「ヴィクトリア朝の情事を反響させるための共鳴板として作用する」ようにして、その「意味の一部を広げ、アイロニーを交える」手法は、カレル・ライスの手腕だと考えられてきた（Conradi 49）。小説中の十九世紀の人物たちを演じている二十世紀の男優と女優が、映画の中に物語の進行とは別に登場し、全知の語り手による特権的視点に立つのだが、この改変には、混乱した観客もいるし、映画批評家や文学研究者はそれを否定的に見ている。

　実際、カレル・ライスの映画『フランス軍中尉の女』は、ウィリアム・ワイラーの『コレクター』とガイ・グリーンの『魔術師』に対する評や論文を合わせたものをしのぐ、多数の批評の対象となってきた。そのうち、ピーター・J・コンラディやショシャーナ・ナップの論文は、小説から映画の脚本に発展する過程を追うことに特に紙数を割き、ハロルド・ピンターが付け加えたものと同時に、ファウルズの原作およびピンターの脚本から削除されて、映画の最終的なカットには表れていない部分を指摘している。[2] コンラディは、現代の枠組を擁護し、それを難じる論者たちに「そのようなロケーションでの恋愛の使用はそれ自体で一つの約束事なのであること」を思い出させ、ファウルズの小説が「まさにそのような文化的定型」を探求しているのと同時に、「それぞれの時代の文化が安易な個性を拒む仕方」についても探っているのだと述べている(Conradi 49)。小説と映画のちがいは、ピンターの脚本によるライスの演出が、これらの約束事を言語的にというよりも視覚的に浮かび上がらせているという点である。

たとえ視覚的なリアリティを歪曲するとしても、画家や彫刻家と同じく映画製作者も視覚的な対象を取り扱わなくてはならない。作家は視覚的であることを要求されていない。語らずして示すという制約は受けていないわけである。実際には、作家は、「あるものが何であるかを示す困難さと、それをどう感じているかを語る容易さの間で、絶えず引き裂かれている」のだと、ノーマン・フリードマンは主張する。しかし、この明示することと語ることとの軋轢は、むしろ文学という芸術に生命を吹き込んでいるのであり、「文学上の美の歴史を、一面においてこの根源的な緊張という見地から書くことも可能であろう。この場合、小説における視点という特殊な問題は、全体に対しての部分の問題に関係する」、と彼は付け加えている(Friedman 1161)。

文学で全知の語り手を用いることを擁護するフリードマンは、[3] 作者の声と視覚的な場面が文学作品の中で共存する、と主張している。彼が「編集者の全知」と呼ぶものは場面よりも作者の声を強調するとはいえ、「極限まで抽象化された語りは、場面中の暗示や示唆のどこかに埋め込まれており、どんなに具体的な場面ですら、なんらかの要約を示すことになる」(Friedman 1170)[4]。例えば、『フランス軍中尉の女』では、ファウルズは具体的な細やかな叙述や感覚的なイメージを、単に「編集者の全知」の立場を好むという理由で避けているのではない。二つの世紀にわたるパノラマのキャンパスに極太の筆を走らせて、個々の場面が光を放つようにと、入り組んだ描写で時間をかけながら少しずつ塗り重ねていると言えるのだ。

ファウルズが小説の進行を緩めて、「太古の絶壁が浸食されてできた一マイルのスロープ」であるアンダークリフの上に焦点を合わせるとき、彼のイメージはほとんど写真のようである。例えば、チャールズが見ている花や植物や木の名前を挙げるだけではなく、作家のパレットの絵具をふんだんに使って描くことで、この主人公の周囲の地面を描写する(*FLW* 68)。しかし数行後には、特権的な語り手が判断をもう一度さしはさむ。「これまでこのような場面を捉えた芸術は一つしかなかった。ルネッサンスである」とファウルズは書き、文化革命とは、「ある文明のこの上なく過酷な冬が終焉し、緑が芽生える兆しだ」と定義する(*FLW* 68)。ここで読者は、ファウルズがこうした場面を叙述できる彼自身の能力を忘れているだけでなく、絵画のイメージを論評する講師のように、自らの作品を視覚的な美から遠ざけているのだ、と認識する。

チャールズがアンダークリフの小径を歩いているとき、ファウルズは読者をほとんど映画的な世界へと導く。ファウルズのカメラのような眼が、「すべての草の端には、真珠のような滴が光る」のを捉える。青々とした草を照らす光は、黄金に輝いているだけでなく、喚起力に富み、官能的な「蜂蜜色の黄金」になっている（*FLW* 329）。語り手は、チャールズの肩越しに、限定された視点で見ている。バーバラ・マッケンジーによれば、限定された語り手とは、「登場人物のかたわらにいて、確実に物語の枠内にとどまっている」のである。「限定された語り手は、登場人物ではないがゆえに」チャールズではなく語り手が描写しているにもかかわらず、三人称、あるいは限定的な全知の視点によって、読者はチャールズと同じ経験をしているような気持ちになる。チャールズがセアラとアンダークリフで出会うこのシークエンスと次の二つのシークエンスでは、ファウルズの描くイメージは特に視覚的で、語りは映画カメラの動きを思わせるが、読者はファウルズがどこで全知の視点から限定された視点に転換するのかが分かる。意味深いことに、これらの三つのシークエンスは、ライスの映画の方でも見られるのだ。

ファウルズの小説に視覚的イメージがほとんど欠けていないのと同じように、ライスの映画では、一部の観客が信じているように全知の視点を完全に失ってはいない。あらゆる位置から演技を記録できるというカメラの性能に関するルイス・D・ジャネッティの判断基準によれば、映画『フランス軍中尉の女』もまた、作者のコメントは省略されてはいるものの、全知の視点に立っていると言える。脚本家は「作者による小説への直接のコメント」を削除すべきだ、とウルフ・リラは言うが（Rilla 24）、実際に映画『フランス軍中尉の女』では作者による直接のコメントはなく、それに代わって現代の物語が入り、それがヴィクトリア朝の物語の枠組とコメントを与えている。とはいえ、さまざまなカメラの視点の組み合わせによって、全知の視点に対応するものが表現されている。ヴォイス・オーヴァーの語りや画面の外からのコメントは、これらの視点の前提条件ではない。

実際、ジャネッティは、ヴォイス・オーヴァーの語りを三人称の視点になぞらえている。というのも、「そのような注釈者は、私たちに中心的な人物の背景について語ってくれる」からだ（Giannetti 370-74)。トニー・リチャードソンの『トム・ジョーンズ』、スタンリー・キューブリックの『バリー・リンドン』、ガイ・ハミルトンの『The Devil's Disciple』はそうした語り手を用いているのであって、それがそれぞれヘンリー・フィールディング、ウィリアム・メイクピース・サッカレー、ジョージ・バーナード・ショーのスタイルでコメントを発する。だが、フランシス・フォード・コッポラの『地獄の黙示録』、あるいはハワード・ホーク、マイケル・ウィナーのフィルム・ノワール版のレイモンド・チャンドラーの『三つ数えろ』〔*The Big Sleep*（1946)〕のような探偵ものの映画では（そして無数の警察や探偵を主人公にしたテレビドラマも同様に）、主人公兼語り手を表わしている、一人称の、ヴォイス・オーヴァーの語り手に、観客は気づくのである。

しかし、『フランス軍中尉の女』のような映画では、三人称の視点が確認されるのは、特定の人物が別の人物もしくは関心対象を見るときに、カメラをその人物のそばに置くこと（もしくは肩越しにのぞき込むこと）によってである。カメラが一人の人物の顔をクロースアップで映してから、その人物の視野を示すショットを映すのに変えて、観客にその人物の見ているのとまったく同じ画像を見ているように信じさせると、観客である私たちは映画における一人称の視点を得る。一人称の視点のショットを通して主人公が見るものを見ることによって、それから、主人公の顔の三人称のクロースアップを見て主人公の反応を読み取ることによって、映画の観客は主人公と一体化できるであろう（Giannetti 373）。カメラは、「異常なアングル、レンズ、フィルターというように『コメント』されるような歪曲」を避ける客観的な視点から、三人称と一人称の視点へと移ることができるので、たとえ無言でも、全知の視点による解釈を雄弁に物語ることができるのである。さらに編集作業によって、監督は「さまざまな時と場所をほとんど瞬時につなぐこともできる」（371-374）。これらのテクニックを組み合わせることで、監督のライスは、ピンターのシナリオに従いながらも、ファウルズが「原作の一種の隠喩」（Gilder 38）と呼んでいるものを表現している。(5) 結局、私たちが映画に望んでいるのは、本の焼き直しではなく、「優れた隠喩」に他ならない、そう作者は付け加えている（48）。

ライスとピンターの隠喩、そして小説に見られる語りの声の映画的表現は、入れ子型の構造といえる。しかしピーター・J・コンラッディが指摘しているように、ファウルズによる「とりとめもなく記録した歴史」が、映画では、女優アンナ（メリル・ストリープ）がマイク（ジェレミー・アイアンズ）に、「ヴィクトリア朝のイギリスについて読み聞かせ、ロンドンでの売春についての一節に衝撃を受けている」（Conradi 50）場面などへと変えられている。小説でファウルズが読者に伝えているのは、当時女性が神聖視されていた一方で、十三歳の少女を安価で買うことができたということ、またこの時代にはイギリス史上最も多くの教会が建設されたということ、しかし同時に家屋六十軒に一軒は売春宿として使われていたといったその時代についてである。この割合は、二十世紀では六万軒に一軒ぐらいだろう、とファウルズは付け足している（FLW 266）。映画では、アンナは、ピンターの脚本には現れるランセットの名前を省略して、「一八五七年のロンドンには八万人の売春婦がいたと考えられる。家屋六十軒に一軒は売春宿であった」と読みあげる。マイクが多少興味を覚えた様子なのを見て、アンナは続ける。「当時ロンドンの男性人口は全部で百二十五万人で、売春婦たちは週に二百万人の割合で客をとっていた勘定になるわ」（Pinter 18-19）[6]。

　アンナは、脚本の中の、ロンドンに行けば自分がどうなるか知っているというセアラの台詞を、素早く読みあげる。そして読んでいた本を手にとり、職を失ったヴィクトリア朝の女家庭教師《カヴァネス》がどうなるのかを見せようとする。映画の脚本では、マイクは計算機を取り出して、「男性の人口が百二十五万人で、娼婦たちには週に二百万の客がいたというんだね？」（Pinter 19）と数字を聞きながら、数を打ち出す。映画では彼は立ち上がって窓の方へ歩いて行き、画面には現われないヘリコプターの音が聞こえる。この音が聞こえると、マイクがヘリコプターからアンダークリフを眺める次の場面へと転換していくのだが、この場面はピンターの脚本にしかないのである。

　窓を閉めてから、マイクはベッドに戻り、脚本と同じ質問をするが、彼が取り組んでいたクロスワードパズルの隣に、タイプではなく手書きで数値を記す。ここでの彼の結論は、ピンターの脚本にあった会話を少し変えたものである。「そうだな、子どもと老人の分としてここから三分の一を除くと、……うむ……ヴィクトリア朝の紳士方は、一週間に約二・四回は妻以外の女とセックスしていたことになる」。ナップは、この結論が映画にはほとんど関係ないと見ている。というのも、「セアラは売春婦には決してならないし、チャールズもわれわれが知る限り、週に二・四回のセックスを——少なくともロンドンでは——決して楽しんではいない」からである(Knapp 66)。しかしこの情報のやりとりこそが、カメラの前で演じている役柄へのマイクとアンナの関心の在処をはっきりと示しているのであり[7]、同時にまた、ファウルズの小説第三十五章の冒頭、比較や対照が描かれている段落を客観的にドラマ化しているのだ。このシークエンスは、ファウルズの小説を導き、形作っている視点を映し出しているだけではなく、二人が演じている恋人たちの生き方と実生活との境界が曖昧になる瞬間の伏線ともなっている[8]。

ピンターの脚本では、この場面の後に続くのは、ファウルズによるアンダークリフの描写に対応する映像である。マイクのヘリコプターから見た視点の「移動する目線」が「海と陸の境界付近の断崖絶壁からヘリコプターがドラマティックに上昇し、アンダークリフの広大で荒涼とした空間を高みから見わたす」(Pinter 20)。このテクノロジーを使った空からの視点は、フェリーニの『甘い生活』〔*The Sweet Life/La Dolce Vita*(1960)〕の冒頭で、キリスト教、古代ローマの文化・美術と現代の技術が一つの鮮明なイメージのなかでぶつかりあう場面を観客に想起させたかもしれない。この視点は、十九世紀のことを二十世紀の立場から直接コメントする一場面から、チャールズが初めてセアラにアンダークリフの上で出会うシークエンスとの間の転換点ともなるだろう。しかし、この場面が省略されることで、チャールズがアンダークリフの岩を削り取っているのを見ながら、観客はヴィクトリア朝の紳士が「週に二・四回のセックス」をしていたことから、気持ちを切り変えることができない。

小説におけるアンダークリフのシークエンスでは、ファウルズの暗喩は視覚的効果にみちており、映画的な語りによって、読者は全知の語り手が限定された語り手となったことを知る。ライスの映画では、カメラが、三人称と一人称の両方の限定された視点に対応するものを呈示している。しかし、こうしたカメラの視点は客観的あるいは中立的な視点が結びついており、この結合のため、全知の視点に相当するものが映画にもたらされているのである。

小説では、チャールズがセアラをアンダークリフで初めて見たとき、ファウルズの語り手[9]は、セアラの風貌と、それに対するチャールズの反応を六段落にもわたって詳述し、その後で始めてセアラが彼の方を振りかえる。眠っている彼女を見て、「セーヌ河を見わたす」明け方の部屋での名も知らぬ女のイメージを彼が思い起こしたと、語り手は読者に伝えている。しかし、セアラは埠頭で出会ったあの日とはちがっていた。あの暗鬱とした曇った日に濃い茶色のようだった髪は、いまや暖かな赤毛に見える（*FLW* 70-71）。チャールズが彼女を追い求めていることには、『ヴィクトリア朝的なもの』（『義務』）の崩壊、そしておそらく現代的な自由への逃走が典型的に表れている」と、パトリック・ブラントリンガーは考えている（Brantlinger 68）。バリー・N・オーシャンの表現を借りれば、「解放された女性の初期の原型」であるこの女性が、「情熱、想像力、独立心といった、概してヴィクトリア朝には抑圧されていた女性の特質を体現することになるであろう」とは、チャールズは思っていない（69）。ファウルズの全知の語り手は、チャールズの肩先から視点を再び戻して、波が砕ける様子を劇的に描き、この何秒かで「ヴィクトリア朝のすべてが失われた」という途方もない誇張をおこなう（*FLW* 72）。ファウルズの小説の「主要な関心」は、「ヴィクトリア朝の社会の基本構造と、現代の到来の予兆との間の背離にある」とオーシャンは付け加えている。チャールズは時代の「緊張と矛盾」を体現しており、「物語を通しての選択によって、彼はわれわれの時代にきわめて近い存在となる」（Olshen 71-72）のである。

映画は、マイクがおこなったヴィクトリア朝の紳士の性生活をめぐる計算に、アンナが哄笑した後、現代から十九世紀の場面へと転換する。そこでは、チャールズがハンマーを休みなく動かしているアップの場面がライム・リージズの堅い崖のロング・ショットと交互に映し出される。アマチュア地理学者のいでたちで、曲がったパイプをくゆらしているチャールズが、バストショットではっきり映されると、観客は彼が遠くのものを見ているのが分かる。そのとき初めて、カメラは客観的な視点から一人称の視点に移り変わり、彼が見ているものを観客に映し出す。チャールズの視点から、カメラは森を歩くセアラをロング・ショットで映し出す。チャールズは簡易望遠鏡を向けて探すが、彼女に焦点を合わせることができない。しかし、（通常驚くべき速さで撮されるのだが）特定の対象を望遠レンズで追う一人称の視点を示すために、フレームを覆ってしまう多くの映画とはちがい、ライスの映画は対象を捉えるのには失敗しているが、簡潔だが説得力のある望遠レンズの視点を提供している。ピンターの青写真がどのように監督が真実味を加える余地を残しているかは、彼の脚本を検証すれば分かる。脚本には以下のような指示が与えられている。

五六　木立。チャールズの観点。
　　木々の間を歩いている人影をかいま見る。
五七　チャールズが小型望遠鏡を取り上げる。
五八　木々、それを拡大。
　　静寂（20-21）。

バスト・クロース・ショットは、三人称の視点の映画的表現で、チャールズが望遠鏡を使わないで彼女を再び探しているところを映し出す。彼の裸眼が彼女を捉えると、彼はよく見ようと、また望遠鏡をとる。そのとき観客は、チャールズが見ているようにセアラを見ることになる。狭いアングルで、実際に小型望遠鏡から見るような焦点がやや揺れている望遠カメラの視点である。

こうしたカメラの動きとチャールズの視点を示すショットだけが、観客に彼の経験を共有させているのではない。演出もまたチャールズの欲求不満や置き去りにされたような感覚を視覚的な隠喩として表わす。この場面でライスは幅の広いアングルとロングショットを使っている。セアラはチャールズの視点からしか捉えられない。小型望遠鏡からの眺めを装おう望遠カメラに映るとき以外は、セアラはいつも遠く見えるだけである。例えばチャールズが彼女を追い始める直前に、観客はアンダークリフの鬱蒼と茂った草木の間の太陽に照らされた小径を背景に浮かび上がる彼女のシルエットをロングショットで見る。チャールズの方が彼女の視点で見られることは決してないが、彼がセアラを見たことをカメラが映し出すと、彼もまた観客からかなりの距離を保たれる。小径を見つけ、そこでよろめいたときですら、彼はアンダークリフの大木群の下で非常に小さくしか見えない[10]。

チャールズが追いついたとき、セアラはまだ彼の視点で見られている。小説では、彼女は「高台」のすぐ下にある、草の生えた岩棚で寝ている（*FLW* 70）。しかし映画では、チャールズは大木の幹に寄りかかって座りこんでいる彼女を見つける。観客にはまだ、海を眺めながら手を頭の後ろに回しているセアラをロングショットで見ることしか許されていない。より明るい背景に再びシルエットとして遠くから姿が見えたとき、彼女はポールトニー夫人から歩くことを禁じられているアンダークリフの茂みと、自由を暗示している広大な海との間で宙吊り状態になっている。観客は彼女をチャールズの視点で見るのであり、チャールズと同様に、この時点では、明らかに海と結びついている彼女のフランス軍中尉の思い出が、その思い出を想像によって作り変えるまでは、彼女を解放しないということが分からないのである。

ライスの演出は、その瞬間、一コマの中に、セアラを中心にして右前方に背を向けているチャールズを配する。だから観客は、ジャネッティやマッケンジーの定義に従えば、文学上の三人称の視点からセアラを見ることになる。チャールズが彼女に近づくにつれ、ライスは二人ともフレームのなかにはっきりと入るようにカメラを横に動かすことで、三人称の視点を維持している。チャールズは薮の中でうっかり歩行用の杖で音を立ててしまい、セアラは胸元を押えて立ち上がる。

この面と向かい合った出会いでは、どちらも客観的なバストショットで捉えられる。どちらか一方の一人称の視点から相手が見られはしない。ありありと動揺して、ぶざまな自分に怒りを覚えたチャールズが杖で地面を二回叩いて後ろを向くときでさえ、彼はセアラの一人称の視点、あるいは三人称の視点から映し出されているのではない。監督が観客をしばしばチャールズの側に連れてくるための肩越しのアングル、または「登場人物の肘の辺り」の視点は、セアラに関しては使われていない。海の広さが引き起こす連想にもかかわらず、彼女は自由を外部に見るのではなく、内側に見るのである。この氷結した瞬間のセアラを、チャールズが、そして観客が、凝視するのである。彼女は「ヴィクトリア朝全体が失われてしまった」(*FLW* 72) 根拠でもあるのだ。[11]

のちに二人がアンダークリフで出会ったとき、小説の方の語り手は、セアラが虚構にすぎないフランス軍中尉との経験を打ち明けた後で、チャールズとセアラが召使いのサムとメアリーに現行犯でもう少しで捕らえられるところであったと述べている。チャールズはトネリコの茂みの斜面を見下ろしながら、葉の透き間から彼らの様子をうかがっている。語り手は「サムの頭と肩は、姿の見えないメアリーの方に傾いていた」と言いながら、彼女が誰から見えないのか明確にはしていない。チャールズの視点からメアリーは見えず、そして作者がセアラの意識に触れないにもかかわらず、セアラにも彼女は見えていない。ここは視覚的な瞬間で、チャールズ自身がカメラの目であって、小説の語り手もこのときばかりは、個人的な知覚として自らを限定しているかのようである。召使いの行動は、チャールズが「追い払おうとしている毒」と明らかに同質のもので汚染しているので、彼は自ら「のぞき見」していることには気づかない（*FLW* 186）。

メアリーは、サムを押し返して小径に走り去ることによって、チャールズがさらに「汚染されてしまう」ことから「救う」。彼女がスカートをたくし上げて駆け下りるときに、「菫やヤマアイの間を通ると、青緑の下から赤いペチコートがちらりとのぞく」というイメージをファウルズは言葉で描いているが、そのとき彼女の衣服の色と自然の色がぶつかりあっている。サムが後を追ったとき、映画が得意とする表現である、印象派絵画のような色彩のきらめきや流動に、読者はさらに出会うことになる（*FLW* 186）。

映画は、原作小説のこの二度目のアンダークリフでの出会いを、忠実に映像にしている。セアラはヴェルゲネスの物語をチャールズにしながら、背を向けて、再び海を見つめている。ここでもカメラは横に動いて、抑制された場面に動きを与えている。彼女の語る物語は、観客のために視覚化されはしない。そのかわり、カメラは、話している間は髪を下ろしているセアラと、自分の感情を抑えようと闘っているチャールズを画面の中心に据えている。ファウルズの小説では、動きといえるものはセアラの微笑みとそれによって引き起こされたチャールズの微笑みだけだが、語り手は、チャールズが二度と二人だけで会うべきではない、とセアラに言い放つほど刺激を受けた、と伝えている（*FLW* 186）。映画では、チャールズは彼女に手を伸ばし、触れようとするが、あえて触れはせず「ライムから離れるべきです」と語りかける。ここで少し間があき、初めて彼は「二度と二人だけで会ってはいけない」と付け加えるのである。

カメラは、ジャネッティが客観的と名づけている語り、すなわち文学における客観的な視点を映画で表現する醒めた語りを使って、このシークエンスの大部分を偏ることなく伝えている（Giannetti 373）。舞台で男優と女優が演技しているかのように、出来事が観客の前で繰り広げられる。画面の外から笑い声が聞こえ、セアラはそちらを振り向く。彼女を見ていたチャールズは一瞬ためらうが、自分たちをさえぎった忍び笑いがどこからきているのかと、ぎこちなく上半身をそちら側に向ける。そのときになってやっと、観客にチャールズが見ている丘のふもとの木蔭にたたずむ恋人たちが見える。カメラのアングルは、チャールズが見ているものを表わしている主観的な視点かもしれないし、彼が見ているものを映している客観化された視点かもしれない。このショットがセアラの視線ではなく、チャールズの視線の方向を素早く追うことで、彼の一人称の視点かもしれないことを暗示している。

チャールズは彼らを見下ろそうとして、木の彎曲した部分に近づく。セアラは彼の斜め横に立っている。再び恋人たちがチャールズの視点、そしてセアラの視点から映される。長編、短編に関わりなく、小説であれば、「私たちは彼らを見下ろした」と言明するかもしれない。読者はもちろんすでにこの一人称の話者が誰であるか知っているであろう。しかし、ライスの映画では、セアラの視点からの描写はどこにもないから、チャールズが後ずさりし、セアラがもっとよく見ようと身を乗り出すときですら、観客は、主観的な視点はやはりチャールズのものであろうと考えてしまう。

興味をひかれるのは、セアラとチャールズがのぞき見している恋人たちは、ファウルズの小説と同じくサムとメアリーかもしれないし、ピンターの脚本のように無関係のカップルかもしれない。ライスの演出は、焦点距離を長くとって、はしゃぐ二人をチャールズとセアラの上からの視点で映しているので、観客はどちらであるかの決め手を得ることはできない。若い男はベストを着ているし、サムもしばしばベストを着ている。娘の方は、メアリーがトランター夫人の召使いとして被っているボンネットとそっくりのボンネットを被っている。歴史家が特定の人物について報告するように、ファウルズは召使いについて詳述する。チャールズの階級も、メアリーとサムの階級も、階級制度の外部にいるセアラも、「困ったほど同じ」であることを強調している。一方、ライスは、あらゆる要素を取り込もうとしている。彼はピンターと同じく、サムとメアリーにせよ、誰か若いカップルにせよ、ファウルズが言うように、ヴィクトリア朝紳士の鎧の奥に隠されている欲望をあらわにすることで、チャールズになんらかの「影響を及ぼす」というのは、ありそうもないと考えているようだ。そこで、抑圧の少ない恋人たちよりも、もっと強い抑圧の働いているチャールズの葛藤の方に重点を置いている。小説の読者も映画の観客も、セアラがチャールズに向ける「射るような鋭い視線」と謎めいた笑いから判断できるのは、彼女は自分の情熱と自由にすでに折り合いを付けて、表面的な道徳律やしきたりよりもむしろ自然の定めるがままにそれを処理しようとしているということだ。

小説の後の方で、チャールズとセアラは、藁葺き屋根の納屋から出てきたところで、サムとメアリーにうっかり出会ってしまう。このシークエンスでは、ファウルズの語り手は、どうすべきかを、読者にそっとささやいているようである。笑いをこらえられなくなるまでは唖然として黙り込んでいた「サムとメアリーのことはしばらく放っておこう」「そして赤面しているチャールズのところに戻ろう」（*FLW* 256）と、語り手が言うとき、私たちは一九五〇年代によくあった旅行映画のナレーションのようだと思うであろう。カメラの位置決めをする映画監督のように、ファウルズの語り手は広角の全知の視点から、チャールズの肩先においた三人称の視点まで動いて、サムとメアリーが「何の情報も与えない納屋」の方を振り向くことなく森のなかに消えていくまで、当惑した主人公がどのように待っているかを語る（*FLW* 256）。

もちろん、ファウルズの視点はかなり流動的であり、彼の選択した語りの様式がその流動性を可能にしている。一方で読者は、ファウルズが糸を引きながら脇台詞をささやいている間、この操り人形師の肩先から見ることで、ちょうど『魔術師』でアーフェの視点を通してそうしたように、代理としての参加者になっている。読者は創造者の大切な友であると同時に、創造者が歴史的な土壌のうえに虚構の粘土細工をしている間、葛藤による緊張状態を心地よく眺められる程度に距離を置いている観察者でもあるのだ。

ライスの映画では、この三番目で、最後となったチャールズとセアラのアンダークリフでの逢瀬の場面は、チャールズ自身の知覚するものであることを強調している。ピンターの脚本の下書きでは、この場面はやはりスケッチのように描かれている。ところが、脚本にはチャールズが明け方の空を見上げるときの「表情が意味ありげ」だとしか書いていない(52)。映画ではこの場面が忘れ難い印象を与えるので、観客はチャールズ・スミスソンが心から苦しんでいることを知るのである。

チャールズがホテルの窓から外を眺めると、観客はチャールズの視点からのロングショットで、陰鬱で、雲の多い、それでいて不思議に静かな様相のコッブを見る。海は穏やかだ。窓のすぐ外に置かれたカメラは、チャールズの疲労困憊し、悩んだ様子をより近くで捉えようと、部屋の中に入り込んでいく。半分開いた窓の枠に手を置いて、チャールズはその手に顔を押しつけている。突然、観客はチャールズが心のなかに思い浮かべていることを見せられる。あの大嵐の日に見たセアラのバスト・クロース・ショット。気を付けるように、というチャールズの注意に応えて彼女がゆっくり振り返るシーンの反復。彼は何かものすごく動揺しているようで、その目には彼女のおののく様子が映っている。窓枠をつかんで、窓ガラスに指先を押しつける。彼が彼女を求める想いに憑かれているなどという説明はいらない。チャールズの動きがこれを雄弁に語っているし、嵐の海をみつめていたセアラが振り返る、スローモーション・シーンの挿入も、このことを明確に示しているのである。

チャールズは窓から離れ、次の場面では彼は朝霧のなかへ足を踏み入れている。画面には、背景に海の見える牧草地が浮かび上がってくる。この場面ではチャールズがアンダークリフに向かっている。もう一度、場面はフェイドアウトしてから、霧がかかった深い森に変わり、納屋に向かうチャールズを、木々の間をぬってカメラが追う。彼がセアラを見つけると、三人称の視点が一人称の視点に変わって、山積みされた藁のうえで身体を丸めて寝ているセアラの姿を捉える。彼は肩マントを彼女に掛ける、すると彼女は目覚める。彼は助けに来たと告げる。これを聞いてセアラは弱々しく彼にしなだれかかり、手に口づけをする。セアラの姿はチャールズの肩越しに映されている。それからカメラは向きを変えて、セアラの肩越しに、正面を向いたまま後ずさりするチャールズを映し出す。

カメラは位置を変え、セアラがチャールズのコートにしがみついて、それから気絶するのを客観的なバストショットで映す。彼が彼女を腕に抱きかかえ、それから唇を重ねるまでを、バスト・クロース・ショットで見せる。だが、実際のキスと情熱的な抱擁は、ロングショットでずっと遠くから映し出されるのである。観客は小屋の入り口に立っているような部外者か侵入者の位置に、突然引きずり込まれてしまう。二人の感情の昂ぶりが、セアラのうめき声で表わされる。このとき観客は、腕を伸ばせば彼らに触れるほど近い距離のバスト・クロース・ショットでのぞいているようになる。さらに、スクリーンの外から洩れてくる女性の笑い声を、彼ら二人が反応を示す前に聞くのである。

ファウルズの小説では、読者よりも先にチャールズが、彼らの邪魔をした笑い声の主が誰なのか知ることになっている。実際、ファウルズが短い一章で、話を脱線している間読者は待たされ、その後で、サムとメアリーが一緒にいる彼らを発見したのだと知る。ピンターの脚本では、チャールズがセアラから離れ、サムとメアリーを見つけ、誰が邪魔をしたのか分かる仕組みになっている。もちろんチャールズの視点というのは明示されている。ところが、映画を観ている者は、メアリーとサムが納屋に近づいて来、その方向をチャールズとセアラが見つめる場面を見るのである。メアリーは笑うのをやめて、納屋の方を向き、低木の茂みを眺める（このメアリーの視線はカメラの方を見ているのとほとんど変わらない）。サムはメアリーの隣に立ちつくして、しかし彼女からすぐには眼をそらそうとはしない。ピンターの脚本では、観客はこの召使いの立場でセアラとチャールズを見るべきであると指示しているが、映画はそうした見方をとってはいない。

笑い声に驚いて、チャールズはセアラよりも先に抱擁をやめて、周りを見回す。セアラはほんのわずかだが長く眼を閉じたままだったので、サムとメアリーがいぶかしげに納屋のなかをじっと見ているのを捉えているのはチャールズの視線だ。ここでまた召使いの姿を写したショットは、チャールズの主観的な視点によるものかもしれないし、あるいは彼が見ているものを明確に示した客観的なアングルかもしれない。カメラの位置から判断することはできない。だがチャールズが納屋から慌ててとびだして、こんな所で召使いたちが何をしているのかと詰問したとき、カメラは観客を納屋の外に連れ出すことになる。チャールズが納屋から出て、召使いたちと向き合ったとき、カメラはチャールズを低いアングルから捉えている。召使いたちは右から画面に入って来て、カメラと観客に背を向ける。そこで一瞬、観客は三人称の視点からチャールズを見ることになる。あいにく観客はメアリーの顔をクロースアップで見ることはないので、小説の作者が語っていること、つまりメアリーがチャールズをはにかんだ様子で見ているのは、驚きと怖れだけでなく「一抹の小賢しい感嘆の念」(*FLW* 255) によると述べていることを、観客は知り得ない。「どうか私たちをそっとしておいてくれないか」とチャールズはメアリーに言い、彼女は深々とおじきをして画面の左から退出すると、サムは主人の前に残されて、あれこれ問いただされることになる。

チャールズがゆっくりと召使いのそばへ歩きながら、納屋で抱き合っていたことへの弱々しい言い訳をしているとき、カメラはローアングルで、位置はそのままに向きだけ変えながら彼を追う。サムがその申し開きに納得したような顔をし、そして、メアリーも分かっているのかと聞いたとき、観客は中立のあるいは客観的な立場に置かれる。しかし、メアリーがゆっくりと歩き去りながら振り向くのを、ロングショットで見るとき、観客はチャールズではなく、サムが彼女に眼を向けた直後に、メアリーを見るのである。メアリーは彼女の恋人からも、その主人からも遠く離れていて、サムの眼、つまり中立者の視点から彼女を知覚しているのか、あるいは登場人物たちに近い三人称の位置からの知覚なのか判断できない。彼女の方にサムが眼差しを向けた後にロングショットが続いているので、ここはサムの視線に他ならないと観客は思うかもしれない。もしそうであって、カメラがサムの視点からメアリーの姿を捉えたのであれば、それは全知の視点あるいはパノラマのような視点だけに許される突然の転換だと言える。(12)

カメラは、肯いてサムを去らせたチャールズを中心に据え、召使いのサムがメアリーの手をとり、おそらく彼の弁解を話して聞かせているのであろう様子を注意深く見守っている表情を映す。だが、サムが小径を歩いていきフレームから姿を消すと、カメラはサムとメアリーの去っていく姿に焦点を合わせる。サムが肩越しにチャールズの方を振り向いてじっと眺めたとき、サムとメアリーの姿を見ている登場人物はいないので、カメラの位置は客観的な視点であることを示唆している。脚本とも小説ともちがっているのは、二人の召使いが、チャールズとセアラを嘲笑しながら消えていくのをカメラは映していないという点だ。

ちょうど小説の全知の語り手が、召使いのことは放っておいて、明らかに困惑しているチャールズに再び注目するようにと（*FLW* 256）読者に指示しているのに合わせて、映画はこのとき場面を切り替えて納屋の内部を映し、チャールズが再び戸口に現れたとき、手前でケープを整えているセアラの様子を、広角のアングルで捉えている。三人称の視点を映画で表現すると、チャールズは納屋に戻ってきたときにセアラの肩越しに映されることになる。セアラが落ち着き払って衣服を整えていると、チャールズが「あなたの置かれた状況を利用してしまったことには、言い訳の仕様がない」と言って自分を責め立てる。セアラを施設に入れようという話が持ち上がっているので、あなたはエクセターに行かなくてはならないとか、もう再び会うことはないだろうとか、あなたは素晴らしい人であるとか、チャールズが言うとき、カメラは交互にセアラを三人称の視点で映したり、反対にチャールズを三人称の視点から映したりしている。セアラが木製の戸口をくぐって納屋を去り反対側に消えていくのを、チャールズが観客に背中を向けて見つめている場面までは、どちらか一方の人物が強調されているのではない。

セアラが納屋から出て行った場面と、アンナが『フランス軍中尉の女』のロケ地でトレーラーから降り立った場面とが並置されている。観客は、他の場面の出来事が起こっていたときには見ていたタイムマシンようなものの恩恵を享けることなく、過去の物語から、突然現代の物語へと連れ戻される。すなわちこのとき、アンナは一九八〇年代のファッションに身を包み、まだヴィクトリア朝のチャールズ・スミスソンの服装をしているマイクと同じテーブルに向かい合って座っている。ピーター・J・コンラッディは、服装のちがいが「セアラが常にチャールズよりも自由であるように、アンナもまたマイクより自由であるという点を強調する役割を果たしている」(13)(Conradi 53) と指摘している。ジョアンヌ・クラインも同様に、「小説の登場人物を演じることで、アンナとマイクはもう一つの自我と平行関係にあることをピンターは明らかにしている」、と主張している。クラインが付け加えているように、「ピンターが彼らを外側の世界に関与させる」ので、セアラとチャールズは接近するが、この二人を演じている俳優と女優の心は離れ始める（Klein 165）。[14] だが、この現代の場面での衣装の選択は、マイクはまだ自分の演じている役割にとらわれているが、アンナは小気味よく二十世紀の自由な女性としてのアイデンティティを獲得しているということをも示している。これはおそらくマイクがスポーツカーで走り去っていくアンナに呼びかけるとき、夜の闇に向かって「セアラ」と叫んでいるという事実によっても示されているであろう。もちろんアンナは自由になるために十九世紀のセアラを模倣する必要はない。十九世紀でも二十世紀でも、またどちらの結末においても、彼女は自分の運命を自分で決めることになる。

カメラが、映画のスタッフの間をすり抜けてマイクのテーブルに向かうアンナを追うとき、メアリーを演じている女優が他の俳優たちと談笑している。その脇のテーブルでは、「サム」が脚本を読み込んでいる。脇役たちをこのように舞台設定から引き離すことで、主要な登場人物だけが、演じている人物たちとメタシアター的に一体化するということ、そして十九世紀と二十世紀の平行関係は、チャールズとセアラの虚構の人生に感情移入しているマイクとアンナという人物の内部でのみ体現されていることを示しているのである。

アンナとマイクが、例えばアンナのフランス人の男友達やハードスケジュールのことなど、二人を引き離す恐れのある事柄について話し合っているとき、観客は映画の三人称の視点と同じぐらい、彼らに接近できる。そしてアンナとマイクを交互に肩越しに見る。実際、二十世紀の方の話で使われている一台のカメラアングルだけが、ジャネッティが一人称の視点の映画版と呼ぶであろうものを示している。これは、眠っているアンナをマイクが見つめていると、彼女がマイクではなくデイヴィッドの名前を呼ぶ場面で使われている。マイクは窓から離れてベッドをまっすぐに見つめる。眠っているアンナは彼の視点から写される。だが、セアラと同じく、アンナが知覚する主体になることは一度もない。彼女はほとんどいつも観察される側であり、観察する立場になることは稀である。彼女は主に自分の内面だけを見つめている。ほとんど外側を見ていない。一度だけアンナがマイクをほめ、彼とじゃれあっているときだけ外に目を向けているが、それですら、卓球をしながらマイクが彼女を見つめたことへの反応でしかなかった。その瞬間、二人はそれぞれのゲームに興じているのである。マイクの情熱は卓球のボールに集中している。一方、アンナのゲームの方はより意味深く、真剣なのである。

二十世紀のシークエンスでは、客観的なカメラの位置と台詞とが物語を進行させる。だが、時折カメラは特定の葛藤をあぶり出すために動く。その一例は、アンナとマイクの妻がガーデンパーティのときにポーチで向き合っているとき、つまりアンナがマイク以外の人物と長い会話を交わしているただ一度の場面である。[15] 会話の中で、アンナがソニアの庭がうらやましいと言うとき、うらやましいのは園芸ではないという言外の意味を匂わせ、カメラは二人の女性たちの間に入って彼女たちを交互に映し出す。露出は絞られ、アンナが恋のライバルに迫るとき、緊張感が生れている。アンナが退くと、カメラも同じく後退して緊張を緩める。一方がカメラに背を向けると、カメラは他方を強調する。そのようにしてアンナとソニアをかわるがわる強調しているから、「登場人物の腕の位置に」とどまることで、限定された語り手を映画は表現していると見ることができる。しかし、現在のシークエンス全体では、そうした視点は、情交の場面と同じくらいに少ない。

アンナもセアラも外部の現実よりも内面の世界に注意を集中させているということは、メリル・ストリープが鏡で自分の姿を見つめている以下の三つの場面で明らかにされる。タイトルが出る前の、アンナがセアラに扮して化粧用の鏡に写った顔をくまなく調べる場面。セアラがポールトニー夫人の家で死体のような悲劇のヒロインである自画像をスケッチしているときに自分を見つめる場面。そして映画の中の映画が終わった後に、アンナがウィンダミアで自分の姿を見て、自分はセアラではなく、女優なのだと認識する場面である。しかしこのようにまじまじと自己評価をしているさなかにも、カメラは彼女の鏡に写った姿を肩越しにのぞき込んでいる。カメラがもし彼女自身の視点に置かれているのなら、三人称の視点と一人称の視点の両方を映画で表現するカメラ・アングルを含んだであろうが、実際は彼女自身の視点が直接自分の姿を捉えることは決してないのである。

最後のウィンダミア湖を見わたす家のなかでのアンナの姿は、冒頭のコップの場面を繰り返している。最初に彼女は、セアラに扮したまだ役になりきらない自分の姿を見る。最後のシーンでは、マネキンの頭に、ラファエロ前派の画家のモデル兼弟子を演じたときに着けていたかつらが置かれているとなりで、アンナとして自分自身を見る。彼女はもはや十九世紀のセアラの役割を生きることはできない。また、二人は芸術家（この場合はファウルズ）によって作られた世界に永住できる、とマイクが思い込むのを、彼女は許さない。アンナは、ジョアンヌ・クラインが「彼らの関係のモデルであり構造でもある」と断じた脚本を捨てなくてはいけない。クラインは、いったん虚構の支配から免れれば、マイクとアンナは二人とも決定的な演技が不可能であることに気づき、最も抵抗の少ない道を歩むしかなくなるだろう、と付け加えている。この抵抗の少ない道とは、彼らにとって、「確固とした関係とライフ・スタイルを永続化すること」(Klein 181)に他ならない。

しかしファウルズは、彼らが習慣的に「虚構の未来」を描き、イメージの世界に身を置いているありさまを、読者に想起させる。ファウルズと読者が心に思い描く「小説的・映画的仮説」は、「真の未来が現在となるとき」に、「一般に認める以上」に二人の行動に強い影響を及ぼすと書いている（*FLW* 339）。チャールズは自らの虚構の未来を作り上げ、アンナよりも、映画の登場人物であるヴィクトリア朝の方の人生に深くとらわれているマイクも同様に虚構の未来を築き上げる。マイクは、クラインが「彼らの関係のモデルであり構造でもある」と呼んでいる脚本に支配されているので、スポーツカーで帰って行くアンナにセアラと叫んでしまうほどである。彼は

「最も抵抗の少ない道」を進み続けたいとは思っているわけではないが、アンナと彼自身のために描いた虚構の未来を求めていきたいと思っている。

ファウルズの小説でも、ライスの映画でも、二つの結末の一つは、チャールズとセアラが互いに相手を選ぶことを認めている。しかし小説の終章で描かれている結末は、現代を舞台とする映画の結末とは異なっている。前者では、ファウルズは、チャールズとセアラの両方に自由を与える「着飾ったフランス人風の伊達男」として再び小説に姿を表わす一方（*FLW* 462）、後者ではアンナにだけ自由は与えられている。ファウルズのチャールズはそこでは、悲痛で不幸かもしれないが、自らの答えを出し、自分の未来を捏造する内面の強さをもったかけがえのない個人を自己実現することで、彼の自由を照らしだし、拡げていく。一方、ライスとピンターによる二十世紀の登場人物は、脚本に固執したままで、チャールズには「誠意の一かけらも」見せようとしない（*FLW* 467）。最後の場面のライティングとカメラの視点を検討すれば、これは明瞭である。

映画の出演者たちのパーティに先だって、観客はヴィクトリア朝の物語の幸福な結末を見ている。トニー・ウォールは、ファウルズの小説の最終章を「物語の結末としてはふさわしい」と考える一方で、この幸福なヴィクトリア朝の物語の結末は、「ファウルズが苦心して描いているしがらみを抜けようとする苦闘」を矮小化している、と感じているようである。チャールズが自立する際、「小説によれば、別の重荷や別の呪縛があるのに」、監督のライスはチャールズとセアラの結びつきを「確固たるものの報い」であると誤解してしまった、とトニー・ウォールは示唆している（Whall 80）。ライスはこの「確固たるものの報い」を、チャールズとセアラが暗いトンネルから現れ、陽光の降り注ぐ湖でボートを漕ぐシーンによって表わしている。(16) ロマンティックな小説や映画の享受者は、光り輝く場面が暗示している楽観主義に喜ぶかもしれない。彼らは、疑いもなく「ずっと幸せ」が続く結婚の前に作品が終わるのを好むだけでなく、このような結末が過去の黄金時代にはおそらく存在したであろう伝統的な価値観を表わしていると信じている。ロマンティックな人々にとっては、不幸な現代の物語の結末は、男と女がいきなり関係をもち、やがて責任をもつことを怖れるという理由だけで関係を断つことになる、今の社会を表象しているのである。ファウルズの語り手が小説のなかで私たちに語り、マイクの計算によって映画にも描かれているように「妻以外の女性と週に二・四回セックスする」ヴィクトリア朝紳士のもつ二重性を、彼らは無視しているようだ。

出演者のパーティで、マイクは二階にアンナを追い、誰もいない夜の闇に彼女を求め叫ぶ。アンナも家の内部も彼の視点からは映されることはない。カメラは、先の場面で、冒頭の荒れ狂うコッブでのセアラの姿を思い出しているチャールズの顔に焦点を合わせたときのように、困惑したマイクの表情を映すだけである。マイクが窓辺から部屋の中へ入ると、室内を映すロングショットが、誰もいないアトリエで思いに耽る彼の姿をはっきりと捉え、エンドクレジットが始まる。彼がアンナや脚本からこれから離れなくてはならないと考えていること、あるいは続いて起こるヴィクトリア朝の物語の結末はただ彼の心の中でだけ繰り返され、継続されていく。ライスはそれを表わすために、彼の顔をクロースアップでよりもロングショットで映し、そして新しい自由の光のなかではなく、絶望の闇のなかに置き去りにすることで、観客から彼を引き離そうとしているのである。

ヴィクトリア朝の物語の結末を光のなかで、現代の方の結末を闇のなかに映すことで、ライスはウォールが「体制に順応するという牢獄のなかの心地よさに耽溺している」（Whall 79）と名指したものを肯定的に表わし、「自由であることの苦悩」を否定的に映像に表現している。マイクは、エルネスティーナを演じた「女優」が喜んで自分の腕のなかに彼を抱きしめるにちがいないパーティに戻るのも自由かもしれない。だが、チャールズとは異なり、マイクは妻や娘との関係をすでに築いている。これは彼にほとんど安らぎを与えない伝統的な価値観の象徴である。

映画での現代の結末の説明には、ファウルズの最終章では言葉ではっきりと説明されていたような明白さはないとしても（もし私たちが脚本家ウィリアム・ゴールドマンが避けた用語、監督を用いるのであれば）、映画の監督は小説にあった全知の語り手の演劇的・映画的な隠喩を残していたと言える。彼のカメラは、画面に現れている批評者であり、画面に現れないナレーターの役割を果たす、ショシャーナ・ナップの言葉では映画が「内包された作者」として探し求めた「透明人間」である（Knapp 62）。小説の語り手は、作者の想像力がとりわけ鮮明なアンダークリフでの三つの場面で明らかであるように、映画的な眼を通してではあるが、読者の関心をさまざまな登場人物に、そして自然環境へと向けている。この語り手は、まるでいつも肩越しに見ているように自由にチャールズについて行けるし、チャールズの意識に入っていくのも自由だし、一世紀にわたる歴史的な見方や解釈を語るために引っ込むのも自由だ。それに対して、ライスの見えざる語り手は、チャールズやセアラの肩越しに見た場面を画に撮って三人称の視点に他ならないことを示し、観客にまるでチャールズの眼で見ているかのように一人称の視点のショットを見せ、またアンナとマイクがヴィクトリア朝のモラルを統計に基づいて結論を導く場面のように、画面から後ろに退いてファウルズのヴィクトリア朝に対する見解を劇化したりする。この場面や他の現代の場面には、一つの世紀からもう一つの世紀へとたちまちのうちに巧みに切り替えていくライスの手法だけでなく、脚本家ピンターの手も入っていることは明白だ[17]。ファウルズの小説を映画で表現するために、さまざまな要素を盛り込むには、ピンターの劇化の操作がライスのカメラと同じく重要である。

ヴィクトリア朝の場面では、特に、ファウルズの小説における視覚的なシークエンスに直接対応していることを私たちが既に検討した三つのアンダークリフの場面では、ライスのカメラ・アングルは、ファウルズの語りの視点をチャールズに譲り渡していることを意味している。したがって、観客は小説の全知の視点が保たれているのかという疑問を抱くかもしれない。実際、ピンターの脚本の指示にもかかわらず、一人称の視点によるショットを除いては、すべてチャールズの眼から捉えられているのである。ファウルズの語り手が読者をセアラの意識に決して近づけなかったように、ライスは一度もセアラに視覚的な認識の手段を与えない。だから観客は、いくつかの重要なヴィクトリア朝の場面を、なかでも視覚的に最も鮮明なのは一人でコップに立ちつくしているセアラの顔と表情であるが[18]、それらをチャールズの視点から見ることになる。一方、現代の一連の場面では、ただ一つの場面だけが主観的な視点だが、他のすべてのシーンは三人称の視点に相当するものか、あるいは客観的な視点を用いているのである。

ハロルド・ピンターの脚本とカレル・ライスの演出は、チャールズ・スミスソンの見方を強調していると言えるのかもしれない。しかしピンターとライスは、主観的な視点によるショットと、ファウルズの想像力を映画で表現している客観的なショットとを結合させているのである。二十世紀の場面でもヴィクトリア朝の場面でも、映画が制作されるコンテクストのなかで、一人称と三人称の視点と客観的あるいは中立的な視点が組み合わされていく。それを見る『フランス軍中尉の女』の観客は、ルイス・D・ジャネッティによる映画における全知の話者の形式、すなわちジョン・ファウルズが小説で用いている形式の定義を受け入れることになるのである。

## 注

（1）以下、『フランス軍中尉の女』に言及するときは、FLWと略記して、（　）内に頁数とともに示す。

（2）コンラッディとナップの評は、最終的に映画として公開されたヴァージョンに基づいたシナリオ、あるいは小説化ではなく、その映画を作るためのシナリオ、すなわち原作小説と最終的に映画として上映されたものの中間段階のシナリオが刊行されていることの利点を例証している。リチャード・ブルーメンバーグは、準備段階で「これからできる映画を洗練させ、より良いものにする」という脚本家の役割が大きいことを強調している。シナリオそのものは、次のような製作の過程に従うことが多い。「（1）台本（2）スクリプト草稿（3）スクリプト最終稿の前段階（4）スクリプト最終稿（実際は「最終稿」ではないが）、（5）撮影用にシーンごとに分けてあるシューティング・スクリプト」（Blumengerg 240）。脚本家の役割が、この段階で終わらないことはしばしばある。脚本家は、ショットの意味を説明するよう求められたり、台詞を付け足したり削ったり書き直したりするように求められる場合もある。スクリプトの映画化の過程で、下見・編集のために撮影した映像を見ながら、監督が脚本家に意見を聞くこともある（Critical Focus 262-63）。

（3）フリードマンは、小説中で作者が語らなくなるのなら、芸術としての小説は消滅するであろうとまで言っている。この形式だと「客観的な生彩」だけではなく、「起こりそうな一連の出来事について、読者の期待を喚起するように題材を形作る指導的役割を果たす知性の産物」である構造も求められる。こうしてこの形式は「とりわけ必要なものであったような」結果を呈示する（Friedman 1179）。もちろん、ファウルズは同じくらい可能性のある三つの結末を示して、読者がそれぞれの見方に応じて「必要なものを一つ」選ぶように図っている。

（4）ウェイン・C・ブースも「全知」という用語が両義的であると考えている。「すべてが、登場人物の限定的な視野を通して伝えられ、演劇のように語られていると考えられている近代の作品は、フィールディングが自ら主張しているように、何も語らない作者がすべてを知っていることを、全面的に要求する」と、彼は指摘している。それでも本当の作者は何でも知っていて、「非人称の語り」は「全知であることから逃れられない」（Booth 161）。

（5）リチャード・コームは、ライスの映画は「『トム・ジョーンズ』のカメラの中の独白を考慮にいれないならば、脱構築をおこなった時代劇大作としては最初の作品かもしれない」と示唆している。映画『フランス軍中尉の女』は、映画が作られているという現代のストーリーを除けば、「約束事を超越したジャンル」に属しているから、現代のストーリーがあることによって、「ある種のショックを与える価値」を生じさせている。だが、この映画を見て最初に出会う問題は、「過去に戻って言及し、それから物語を展開するという映画作法の十九世紀的な伝統がない」ことだ（"Through a Glass

Doubly” 277)。もしトニー・リチャードソンが、映画『トム・ジョーンズ』を製作していなかったとしたら、カレル・ライスとハロルド・ピンターは、リチャードソンの映画が脱線の多い十八世紀の小説を映画で表現していた方法で、十九世紀小説のスタイルと全知の語りを描き出すようなやり方で、『フランス軍中尉の女』を製作していたであろう。だが、十八世紀を舞台にした『トム・ジョーンズ』は同時代である十八世紀に書かれたが、十九世紀を扱っている『フランス軍中尉の女』は、十九世紀に書かれたのではなく、二十世紀に書かれた。ファウルズの小説は、ヘンリー・フィールディングの小説より、密接にリチャードソンの映画を反映している。ファウルズは、十八世紀の文学のスタイルをパロディにして、コメントしているのだ。

（6）映画の最後の場面のアンナの台詞は、彼女の言葉が始まるところの、ピンターのシナリオにはある「私たちは驚くような結末になった」という言葉を省いている。ショシャーナ・ナップが指摘しているように、ピンターが、ファウルズの小説の大部分を省略しただけではなく、ライスもピンターのシナリオから、台詞を削り、さらには場面全体の削除までもおこなった。皮肉なことに、「ピンターらしさがあまり損なわれずに表れていると考えられる」「現代」の物語の方がたくさん犠牲になって、省略されている（Knapp 64-65）。だが、チャールズが、ヒロインと同じセアラという名前の売春婦に出会う場面もまた省略されている。このような出会いは、視覚に訴えかけ、劇として効果的であるだけでなく、完成した映画がほとんど示していない、チャールズの人間的で同情深い面を示すことができたであろうから、この場面の省略は、残念である。

（7）ピンターとライスによる『フランス軍中尉の女』は、ジャン・リュック・ゴダールの『軽蔑』〔*Le Mepris*（1963）〕、ヴィンセント・ミネリの『悪人と美女』〔*The Bad and the Beautiful*（1952）〕や『明日になれば他人』〔*Two Weeks in Another Town*（1952）〕、リチャード・ラッシュの『スタントマン』〔*The Stunt Man*（1980）〕のような、映画製作を題材とした映画の系譜に並んでいるのではない。むしろ、製作中の映画に登場する十九世紀の登場人物に焦点が当てられている。

（8）ジョアンヌ・クラインは、「マイクとアンナの関係が、チャールズとセアラの物語の複製として働きかけ、その物語を引き立てている」と見ている。ピンターのシナリオは、小説とはちがい、マイクが他の女性と結婚していて、アンナがフランス人と付き合っているという、二人の対等な関係を明らかにしていると、彼女は見ている。「チャールズとセアラは結ばれる」のに、マイクとアンナは「それぞれが他の相手と関係したため」別れてしまったのだった（Klein 165）。

（9）小説『フランス軍中尉の女』を「真正な文芸作品と考える」のなら「読者を欺いたり、読者に対して秘密を作り、それを保持している語り手は、現実のジョン・ファウルズではない」。読者は「チャールズが、最終的には、セアラの胸の内を見通すように、語り手を見通す」ことが図られているのだと、ジョン・V・ハゴピアンは述べている（Hagopian 201）。

（10）映画『フランス軍中尉の女』は、カレル・ライスのインパクトある時空を作り出す演出で、映像テクストとして読解可能になっているとリチャード・ブルーメンベルグは述べている。ライスは、過去においてはより叙述的な様式で語り、現在における語りの様式を強調している。

（11）小説『フランス軍中尉の女』は、「進化のメタファーによって、有機体とそれを取り巻く環境の変動との関係の移り変わりを、考察している」と、A・J・B・ジョンソンは述べている（Johnson 302）。だが、映画は、有機体をある環境に封じ込め、フィルムが存在する限りそれを保持する。もちろん、この有機体は、スチール写真におけるような静止の仕方ではなく、映画全体の中の一部となっているにすぎない動きのあるフレームの中に、封じ込められているのである。いかなる変化が現実に起こっているか、ではなく、どのように変化してきたかを示しているライスの『フランス軍中尉の女』のような映画の中だけで、環境もまた、変化している様子が示されている。『西部開拓史』〔*How the West Was Won*（1962）〕のような、歴史的キャンヴァス上でのみ、そのような変化を、あるいは少なくとも、「変動する環境」における変化の物理的な結果を、描くことが可能である。

（12）チャールズが、セアラから離れて、小屋の外を見て、サムとメアリーを見るという、もっと先に現れるショットと比較すると、メアリーが歩み去りながら振り返るのを捉えたロングショットは、サムの一人称の視点から捉えたショットではないと、観客は思うかもしれない。サムとメアリーを捉えたロングショットは、彼らの方を見るチャールズの視線の直後に現れるし、このショットの次には、セアラが干し草の中に身を隠している一方で、じっとサムとメアリーの方を見続けているチャールズが撮される。その代わり、このショットの次には、ボウタイをいじりながら、チャールズを不安そうに見ているサムのバスト・クロース・ショットが続く。この微少な変化によって、メアリーを捉えたロングショットが客観的、あるいは中立的なカメラの位置からのものだと考えられる。

もっと早くに現れる場面で、メアリーは、ポールトニー夫人と彼女の連れが、トランター夫人の家にお茶に招かれてやって来たのをじっと見ている。観客は、エルネスティーナがお客様たちを迎えているのを、台所のドアの端から彼女たちを見ているメアリーの一人称の視点から見せられることになる。メアリーが見ているものを、カメラが捉えた後に、彼女を撮した別のバストショットによって、彼女がまだポールトニー夫人たちを見ていることが、示される。これは明らかに、一人称の視点によるショットであるが、サムとちがって、メアリーの場合、彼女の一人称の視点が現れることは、この先ない。サムもメアリーも、チャールズがエルネスティーナに求婚しているのを、温室を見わたせる窓から見ている。だが、のぞき見している召使いたちを捉えたクロース・ショットの直後に、チャールズとエルネスティーナのショットが続いているので、これらが一人称の視点からのものではないことが分かる。

(13) ピンターのシナリオ『フランス軍中尉の女』に基づいたライスの映画は、タイム・トラベル映画でないとしても、この映画が強調している十九世紀と二十世紀の対照のために、『フランス軍中尉の女』は、ニコラス・メイヤーの『タイム・アフター・タイム』〔*Time After Time*(1979)〕に似ている。H・G・ウェルズは、ヴィクトリア朝イギリスに意見を言うために、『タイム・マシン』〔*The*

*Time Machine*（1895）〕で、未来の社会のことを書いている。だが、メイヤーの映画では、二十世紀の暴力について考察を述べるために、ヴィクトリア朝の紳士であり、かつ理想的な社会主義者のH・G・ウェルズ自身を、一九七九年のサンフランシスコに配している。

（14）「映画『フランス軍中尉の女』の脚本の、小屋のエピソードに続く『現在』の場面で、ピンターは、ヴィクトリア朝の恋人たちと、二十世紀の俳優たちの、相似点と対照的な点の両方」を示し続けているともクラインは言っている。枠となっている現代の物語同様、映画の中の映画でも、女性が去って行き、男性が取り残される。だが「チャールズはセアラに去れと言うが、アンナはマイクを捨てる」（Klein 77）。

（15）マイクが、急に思い立って開くことにしたパーティに招待するために、電話をかけたとき、アンナとデイヴィッドは二人きりであったが、彼らは、マイクの招待についてしか会話を交わしていない。

（16）スタンリー・コーフマンが言っているように、ヴィクトリア朝の場面の多くは、灰色の空の下のショットであって、登場人物たちは独特のパステル画のような色調を帯びているが、現代の場面の多くは、強い光の中で捉えられている。この点、太陽の光を浴びた湖の景色は、通例とはちがう（“Imaginary Past” 22）。アンナが、最新式の車で、太陽の光に照らされた通りを走り去る様子と、青銅色の空の下、薄汚れたロンドンの通りで、チャールズがセアラを探し回るシークエンスを並べることによって、二つの時代のコントラストが強調されている。ジョン・コールマンによれば、「霧のたちこめる路地」でチャールズが売春婦を追いかけるとき、フレディ・フランシスのカメラ・ワークによって、「観客は突然、切り裂きジャックが暗躍した裏通りに連れて行かれる」（イギリスの映画会社は、十九世紀、特にヴィクトリア朝イギリスを舞台にしたカラーのホラー映画を多く制作してきた）。コールマンに言わせれば、ヴィクトリア朝ロンドンに、「一晩でも、不吉な空模様でなかった夜があっただろうか」(Coleman 29)。

実際、映画『フランス軍中尉の女』のヴィクトリア朝のシークエンスの多くは、現代のシークエンスよりも、明るく照らされている。ヴィクトリア朝のシークエンスで被写体を「描く」ために、前面と側面を照らす「鮮明」なライティングを用いたと、カレル・ライスは、ハーラン・ケネディによるインタヴューで語っている。特に、トランター夫人のティーパーティの場面や、グローガン医師が、彼の書斎で、セアラの人格をチャールズに説明しようとしている場面では、この方法がよく表れている。これらの場面と較べると、現代のシークエンスは、「柔らかな間接照明による洗練された照明で、画像の周囲はあまりはっきりしていない」(Kennedy 30)。

(17) ハロルド・ピンターは、時代の変換をとても器用にやってのけるので、この脚本家が「われわれの生きている時代、記憶している時代、空想をめぐらしている時代」を恋い焦がれているとスタンリー・コーフマンは言う。だが、コーフマンは、『プルースト・スクリーンプレイ』〔*The Proust Screenplay*〕という題で出版されたピンターによるマルセル・プルーストの『失われた時を求めて』

のシナリオ版が、映画化されていればよかったと考えている。というのは、このシナリオが映画化されれば、ピンターの「プルースト・フラストレーション」を、小さな素材で晴らさなくてもすんだというのが、コーフマンの見方である（"Imaginary Past" 22-24）。このプルーストのシナリオの序文で、ピンターは『失われた時を求めて』全体を抽出して、この作品の主要なテーマを、統一のとれたものにすることをねらった」と言っている（vii）。今のところ、このシナリオは映画化されていないが、スワンとオデットの燃えるような恋に関するいくつかのシークエンスは、フォルカー・シュレンドルフの『スワンの恋』〔*Swann in Love*/*Un amour de Swann*（1983）〕で描かれている。おもしろいことに、『フランス軍中尉の女』でチャールズ・スミスソンを演じたジェレミー・アイアンズが、『スワンの恋』にも出演していて、彼はイギリス人紳士チャールズを演じたのと同じやり方で、フランス人の貴族シャルル・スワンを演じている。

(18) 最初にファウルズにとりついたイメージは、映画では衝撃的なショットとなって現れ、そのショットを写真にしたものが、映画宣伝に使われた。

第五章　物語の結末／現実の結末

比較的水平なアングルにカメラを据えたまま、ほとんど動かない『コレクター』のウィリアム・ワイラーや、『魔術師』のガイ・グリーンのスタイルを見て、観客はこの二人の監督が、客観的な視点を保持していると考えるかもしれない。編集とピンターらしい最小限の台詞でテンポが決められている『フランス軍中尉の女』の「現代」のシークエンスではとりわけ、監督カレル・ライスのスタイルにすら、奇を衒ったカメラのポジションや動きは見られない。ファウルズの語りの声はこれらの映画の原作となっている三つの文学作品から読者を遠ざけず、『コレクター』では、二者による一人称の視点を、『魔術師』の大部分では、二重の枠の一人称の視点を、そして『フランス軍中尉の女』では、全知の視点を用いて語りかける。だからこれらの小説を原作とした映画が、小説の構造から離れすぎているとも言えるだろう。しかし三作の映画を詳細に検討してきて、監督たちの客観的な、あるいは中立的なカメラのポジションが、一人称、三人称の視点を表すショットと組み合わせられることによって、客観的な語りを越えた映画を作り出していることを示してきた。ルイス・D・ジャネッティが言っているように、様々なものの見方《パースペクティヴ》を組み合わせると、たとえば、一人称、三人称の視点を表すショットと、客観的なカメラ・アングルとを並べると、小説における全知の語りに相当する映画的表現ができるものだ。だから、この点(Giannetti 370-73)についてジャネッティに同意するならば、三作の映画と、そのそれぞれの原作小説が、一部の批評家たちが言うほど統辞論的にかけ離れているとは考えられない。

三作の映画のそれぞれのエンディングの構造には、統辞論の見地から小説と映画を比較する批評家がしばしば見過ごす一面がある。映画の評や批評記事では、ライスの『フランス軍中尉の女』のエンディングは高く評価されている。この映画のヴィクトリア朝の物語のエンディングでは、チャールズ・スミスソンがセアラと一緒にボートに乗って遠ざかって行く一方で、「現在」の物語のエンディングでは、マイクとアンナとが別れる。この二重のエンディングが、ファウルズが小説『フランス軍中尉の女』で作った三つの結末のうちの二つに対応するよう働きかけているというなかなか巧いやり方であるからだ。映画の観客は、二つの選択肢があることで生じる曖昧さを解消できないから、解決の示されない二重のエンディングに異議を唱えるかもしれない。小説『フランス軍中尉の女』の読者が、同時に二つ以上の可能性を考えなくてはならないように、映画『フランス軍中尉の女』の観客も同じように考えなくてはならない。すなわち、一つのエンディングを抹殺せずに、もう一つのエンディングを選択することはできない。そして、解決されないから緊張が生まれ、さらに、このことによって、エネルギーが生じる。すでに見てきたように、『アリストス』でファウルズは、「謎、あるいは未知は、エネルギーだ」（Fowles, *The Aristos: Revised Edition* 28）と読者に言っている。

だが、主人公たちのその後について考えなくてもいいという、楽な結末を観客に与えてくれないファウルズの小説を原作とする映画は、ライスの『フランス軍中尉の女』だけではない。小説『コレクター』と『魔術師』のエンディングが曖昧であるように、この二作の小説に基づく映画においても、エンドクレジットの後で登場人物たちがどのように行動するのか分からない。たとえば、ワイラーの映画『コレクター』のエンディングでは、フレデリック・クレッグが新たな標的を追っているのが示され、彼のヴォイス・オーヴァーのナレーションが、高嶺の花をねらうのはやめようと語る。小説における彼の新しい標的は、ウルワース・ストア〔F.W.Woolworth（1852-1919）が一八七九年アメリカに創設。現在はカナダ・イギリス・ドイツなどにも店舗を有する雑貨店〕の従業員だが、映画では、その標的とされる女性が看護婦になっているというちがいはあるものの（ワイラーのクレッグはウルワース・ストアでミランダが母親に手紙を書くための便箋を買っただけだ）、小説でも映画でも、彼が新しい標的を首尾良く捕まえられるかどうかは、分からない。小説『魔術師』におけるオーストラリア人スチュワーデスのアリソンが、グリーンの映画では、フランス人スチュワーデスのアンとなっているが、この場合もまた、アーフェが恋人とやり直せるかどうかは分からない。実際、アンが生きているのか、亡霊なのか、あるいはアーフェの混乱した空想による幻なのかが分からないといぶかる観客もいるだろう。映画『フランス軍中尉の女』と同じように、これらの映画でも、結末が決定されない。結末の決定とは、チャールズ・シアーズ・ボールドウィンによれば、「完成に近づいているという感覚」のことで、このような「感覚」は、現実の体験にはないとボールドウィンは言っている（Baldwin 149）。この点、三作の映画はどれも、エンディングがはっきりとした映画よりもはるかに日常の体験に近いのである。

ジョン・ファウルズの小説を読めば、作者が「完成に近づいているという感覚」を好んでないことに気づく。実際、私たちの「形式への情熱」(1)に応えて、ほとんどの小説は決定的な結末を迎えて完成する。が、歴史上の出来事や実際の体験と同じく、彼の小説は完成しない。文学や映画において構造が必要であるとする見方をファウルズが理解し、それを支持しているのを知ると、(2)彼が、堅固な物語構造に関心を持っていながら、限定された姿を持たない作品にある種のエネルギーが宿っているという信念を持っていることを、どう理解すればいいのかという疑問が浮かんでくる。結局、ファウルズは、小説の「エネルギーとは、姿が決まっていないところにある。きちんとした姿に作られた作品は、私に言わせれば、決まってエネルギーがない。そのような作品は、確かに美しいだろうが、冷たく、古典的だ」と考えている。また彼の好むエンディングとは、姿が決まっていないことで、そして、読者に選択可能な要素をある程度与えることで、エネルギーを発するものである（Robinson 584）。結局、芸術家のつとめとは、ジョウゼフ・コンラッドが定義しているように、読者のために判断を示すことではなくて、読者に聞かせ、感じさせ、何よりも見させること（Conrad xiv）なのだ。ファウルズが、ロバート・ロビンソンに明かしたように、読者は判断しなくてはならない。そしてこの意味で、「すべての文学において」、読者は「作者とともに創造するという役目を持っている」（Robinson 584）。小説は、「驚くほどの選択の自由」を、「小説家が選ぶ自由を望んでいる限り」続く自由をくれる（Halpern 46）し、読者は参加することが自由であることを望む。

だが、映画のような視覚芸術は、「選択肢ではなく」、「映像」をくれるとファウルズは言っている（Robinson 584）。ファウルズは、彼自身が生まれた一九二六年以降に生まれた作家は誰でも、「ストーリーの語り方という点」で映画の影響を受けているとリチャード・コームズに言っている（"*In Search of The French Lieutenant's Woman*" 39）。にもかかわらず、ファウルズはガイ・グリーン監督の映画『魔術師』の脚本を手がけた経験から、「映画には絶対できないが、小説にはできるということが何百もある」ということを発見した。なかでも、映画では、「省略」ができない[3]。カメラは、「具体的な椅子を、衣服を、室内の装飾を」映し出すが、小説であればこれらを割愛することもできる。ファウルズは、「小説を書く楽しさ」を、「ページの上で、それぞれの文で、省略する」ことを選べることに見出しているとヘルパンは述べている（Halpern 45-46）。作者が書かなかったことを、読者は補うかもしれない。そのなかで、読者は小説の意味を簡潔にまとめあげたり、作品のなかで語られなかった具体的なことがらを補ったりする。

「現実」を抽出できるようにするために、「劇芸術が人生を簡潔にまとめるのに使う手段」が、プロットであるとボールドウィンは言っている（Baldwin 149）。しかしファウルズの小説を読むと、芸術で人生を簡潔にまとめられると彼が考えていないことが分かる。また特定のことがらが抽出できると保証してもいない。また、ファウルズが「現実の人生」と呼んでいるものは、芸術と較べると「はるかに複雑で、また、都合よくいかない」（Singh 191）。ヘンリー・ジェイムズは、「体験などというものは限りがない」し、それに「決して完全なものとはならない」と『小説の未来』（*The Future of the Novel*）で言っているが（James 12）、ファウルズなら、このようなジェイムズの意見に賛同するであろう。

ファウルズが小説をこれまでの伝統で普通とされてきたようなやり方では終わらせないのは、物語形式への関心と決定的な結末への拒否との間の葛藤を反映しているというよりもむしろ、小説を書くという行為を終わらせたくないというだけのことがあらわれているのだと、彼自身がインタヴューで答えている。作品は、一度印刷されてしまえば、もはや形を変えることができない「ブロンズ像の鋳型」のようなものだ。ファウルズの関心は、形を作るということ、「書くという行為それ自体」のなかにあり続ける（Baker 6）。キャロル・M・バーナムによるインタヴューで、ファウルズは、小説の執筆が終わりに近づくにつれて、その作品には必要ない新しいアイディアが浮かんできてしかたない、と語っている。ファウルズは、「大抵の場合、私の小説のなかの物事は、すでに十分複雑になっているのです。私にとって、勝負は、出版ではなく、書くことにあるからでしょう」と言っている（Barnum 203）。

ジョン・ファウルズは、伝統的な結末を小説に付けないで、読者が想像を巡らして登場人物の運命を決めるように誘う。[4] そしてまた、彼が小説のために選んだ視点は、その小説の構造になくてはならない要素である。これらの理由で、ファウルズの小説の映像化で、映画製作者の能力は、特に試されると言える。ここでとりあげた三作の映画が、すべて批評家に高く評価されているわけではないし、また、ファウルズ自身も必ずしも納得しているわけではない。だが、語りの視点という文脈のなかで、それぞれの小説の具体的な構造上の要素と、それらの要素に対応する映画的表現を検討することによって、小説から映画への表現の変換の仕方と、その表現様式が、適切なだけではなく、芸術として成功していることを示してきた。[5] ファウルズは、彼の作品を映像化することに不安を抱いていない。ピンターのシナリオ『フランス軍中尉の女』の序文で、ファウルズは「読むに堪える」テクストなら何でも、『映像化』されても生き残るものだ」、「ディケンズの作品に見られるように」テクストが「良い相手に出会えば、言葉と画像は結婚して、お互いに高め合うだろう。もし画像がテクストを『駄目に』しているとしたら、テクストが後世に残ることはどのみちなかったのだ」（Pinter［1981］xiv）と書いている。ジョン・ファウルズの作品は、必ず後世に残るだろう。

# 注

（1）精神科医のロロ・メイは、治療中の人々の夢を研究した結果、「形式《フォーム》への情熱」という言葉にたどり着いた。「患者は」、とメイは語る――「自分の『無意識』のなかに、一つのドラマを構築する。それは始まりを持ち、何かが起こり、『ステージの上できらめいて』、一種のクライマックスを迎える」（May 128）。「形式《フォーム》への情熱」によって、「人生に意味を見出し、構成しよう」として、私たちは創造行為に関わる。「このように、われわれが自我と世界の関係のなかで意味を作り上げようと試みるとき」、とメイは書いているが「創造性はわれわれのあらゆる経験のなかに含まれているのである」（134）。メイが「オリジナルなヴィジョンをみる能力」と呼んでいるものをわれわれが持っていれば、そしてわれわれが強力なイマジネーションと、「破局的な状況に導かれないように十分発達したフォーム感覚」を組み合わせれば、われわれは芸術家になるとメイは言っている。さらに彼は、形式《フォーム》があるから、「われわれがイマジネーションによって精神病に追い込まれることがない」とも言っている（122）。

アルベルト・カミュは、創造とは「偉大な物真似」だと言っている。彼は評論「不条理な創造」で、俳優、征服者、そしてすべての「不条理な人間たち」は、日々、「自分自身の現実を模倣し、反復し、再創造しようと試みている」という考察を述べている（Camus 94）。また、「もしも世界が明晰なものであるならば」、芸術は存在しないだろうと言い（99）、そして「思考するとは、何よりもまず一つの世界を作ることだ（あるいは、結局同じことになるが、自分の世界を限定することだ）」とも言っている（99）。これはメイが「形式《フォーム》への情熱」に関して言っていることに似ている。

（2）シナリオ作家のウィリアム・ゴールドマンと同じように、ファウルズは、自分の小説にとって、語りの構造は背骨のようなものだと言っている。ゴールドマンはその背骨が「何であれ」、「必死で」守り抜かなくてはならないと主張しているのに対して（Goldman 126）、ファウルズは、ダニエル・ヘルパンのインタヴューで、「最初の案全体を、その背骨に支えさせている」と言っている（Halpern 39）。ファウルズもゴールドマンも口を揃えて、確かな小説を書く技術を、「上質の家具」を作る職人技になぞらえている（39-41）。

（3）厳密な意味では、これは必ずしも真実とは言えない。カメラがある瞬間を「省略」できる場合もある。たとえば『イントレランス』〔*Intolerance*, 1916〕におけるD・W・グリフィスによるもののような覆い隠すショットでは、フレームに情報を入れないことができる。フィルム・ノワールでは、影で対象を隠すことができるし、望遠カメラを使ったショットでは、「ねらいを定めた焦平面からほんの数インチ離れたところに置かれた対象」を「見えなくする」こともできる（Giannetti 32）。

（4）小説の読者の解釈が多様なように、映画の観客の関わり方も様々だ。比較的客観的なスタイルで制作された映画よりも、ウッディ・アレンが『アニー・ホール』〔*Annie Hall*, 1977〕で、またマイケル・ケーンとミッシェル・ジョンソンが『アバンチュール・イン・リオ』〔*Blame It On Rio*, 1984〕でやってみせたように、登場人物がスクリーンから観客に直接語りかける映画や、あるいは画面に登場しない人物のナレーションによる説明がある映画に、入り込みやすいという観客もいるであろう。また、ジョージ・ブルーストーンによれば、映画館の外で現実を幻想と取りちがえるのではないかと危ぶまれるほど、映画に夢中になる観客もいるだろう（Bluestone 43)。おそらくこの手の観客は、ファウルズの小説に基づく三作の映画に、自分たち自身のエンディングを難なく見出せるであろう。

（5）ジョン・ファウルズの『黒檀の塔』〔*The Ebony Tower*（1974）〕は、ロバート・ナイツの監督で映画化され〔『ローレンス・オリヴィエ　画家と美女の奇妙な生活』*The Ebony Tower*（1985)〕、グレイト・パフォーマンス社で一九八七年にテレビ放送された。この作品の特徴は、ロングショットを多用し、主観的な視点を表すショットがほとんどなかったことだ。一人称の視点を表すショットの一つが、裸で日光浴をするモデルたちを見ているデイヴィッド・ウィリアムズ（ロジャー・リース）の視界を表現しているものだ。ヘンリー・ブリースリー（ローレンス・オリヴィエ）の家の窓から、ウィリアムズが彼女たちを見ているように、観客は彼女たちを見る。後で、ヘンリー・ブリースリーは、彼のモデルたちの一人とウィリアムズが一緒に泳いでいるのを見る。（そのモデルを、ブリースリーは、真ん中に穴のある「ミューズ」(muse）という意味で、「マウス」(Mouse）と呼んでいる。）だが、カメラと、泳いでいる二人との間の距離から、このショットが、彼の見ているものを、客観的に映しているのであり、一人称の視点を表すショットではないと分かる。

# 参考文献


Adams, Richard P. *Faulkner: Myth and Motion*. Princeton: Princeton UP, 1968.

Adler, Renata. “Screen: The Magus...Novel’s Author Turned It Into Filmscript.” *New York Times* 11 Dec. 1968: 57.

Altman, Rick. “A Semiotic/Syntactic Approach to Film Genre.” *Cinema Journal* 23.3(1984): 6-17.

Arms, Roy. *The Cinema of Alain Resnais*. London: A. Zwemmer, 1968.

Arnheim, Rudolf. *Film as Art. Berkeley*: U of California P. 1971.

Baker, John F. “P. W. Interviews: John Fowles.” *Publishers Weekly* 25 Nov. 1974: 6-7.

Baldwin, Charles Sears. *Ancient Rhetoric and Poetic*. New York: Macmillan, 1924.

Balliett, Whitney. “Beauty and the Beast.” *New Yorker* 28 Sept. 1963: 192-93.

Barnum, Carol M. “An Interview with John Fowles.” *Modern Fiction Studies* 31 (1985): 187-203.

Beatty, Patricia V. “John Fowles’ Clegg: Captive Landlord of Eden.” *Ariel: A Review of International English Literature* 13.3(1982): 73-81.

Begnal, Michael H. “A View of John Fowles’ *The Magus.*” *Modern British Literature* 3. (1978): 67-72.

Berets, Ralph. "*The Magus*: A Study in the Creation of Personal Myth." *Twentieth Century Literature* 19(1973): 89-98.

Bergson, Henri. *Creative Evolution*. 1907. Trans. Arthur Mitchell. New York: *Modern Library*, 1944.

---. *Introduction to Metaphysics*. 1903. Trans. T. E. Hulme. New York: G.P. Putnam's, 1912.

Billy, Ted. "Homo Solitarius: Isolation and Estrangement in *The Magus.*" *Research Studies* 48 (1980): 129-41.

Binns, Ronald. "A New Version of *The Magus.*" *Critical Quarterly* 19.4(1977): 79-84.

Blueston, George. *Novels Into Film*. Berkeley: U of California P, 1971.

Blumenberg, Richard. *Critical Focus: An Introduction to Film*. Belmont, CA: Wadsworth, 1975.

---. "The Manipulation of Time and Space in the Novels of Alain Robbe-Grillet and in the Narrative Films if Alain Renais, with Particular Reference to *Last Year at Marienbad*." Diss. Ohio U, 1969.

Boccia, Michael. "'Visions and Revisions' : John Fowles's New Version of *The Magus.*" *Journal of Modern Literature* 8(1980-81): 235-46.

Booth, Wayne C. *The Rhetoric of Fiction*. 2nd ed. U of Chicago P, 1983.

Bordwell, David. *Narration in the Fiction Film*. Madison: U of Wisconsin P, 1985.

Boyum, Joy Gould. *Double Exposure: Fiction Into Film*. New York: Universe Books, 1985.

Brantlinger, Patrick, Ian Adam, and Sheldon Rothblatt. "*The French Lieutenant's Woman*: A

Discussion." *Victorian Studies* 15(1972): 339-56.

Brecht, Bertolt. "A Short Organum for the Theatre." *Brecht on Threatre: The Development of an Aesthetic*. Trans. John Willet. New York: Hill and Wang, 1964.

Brog. "3-D Widescreen Stereophonic Sound." *Variety* 27 May 1953:6.

Buckley, Peter. "*The Magus*." *Films and Filming* Feb. 1970: 45.

Burroway, Janet. *Writing Fiction: A Guide to Narrative Craft*. Boston: Little, Brown, 1982.

Butcher, Samuel Henry. *Aristotle's Theory of Poetry and Fine Art* with a Critical Text and Translation of the *Poetics*. 4th ed. New York: Dover, 1951.

Cacaturimus. "Reviews." *Minnesota Review* 6(1966):259-64.

Camus, Albert. *The Myth of Sisyphus and Other Essays*. Trans. Justin O'Brien. New York: Alfred A. Knopf. 1969.

Chiaromonte, Nicola. "On Image and Word." *Encounter* 20.1(1963): 40-45.

Coleman, John. "Turn Up for the Book." *New Statesman* 16. Oct. 1981: 28-29.

*The Collector*. Dir. William Wyler. Columbia Pictures, 1965. [The Film is available on videotape from RCA/Columbia Pictures Home Video.]

Combs, Richard. "In Search of *The French Lieutenant's Woman.*" *Sight and Sound* 50(1980-81): 34-35, 39.---.

"Through a Glass Doubly: *The French Lieutenant's Woman.*" *Sight and Sound*. 50(1981): 277.

Conrad, Joseph. *The Nigger of the Narcissus: A Tale of the Forecastle*. 1987. Garden City, NY: Doubleday, 1928.

Conradi, Peter J. "*The French Lieutenant's Woman*: Novel, Screenplay, Film." *Critical Quarterly* 24.1 (1982):41-57.

Corbett, Thomas. "The Film and the Book: A Case Study of *The Collector*." *English Journal* 57 (1968): 328-33.

Docherty, Thomas. "A Constant Reality: The Presentation of Character in the Fiction of John Fowles." *Novel: A Forum on Fiction* 14 (1981):118-34.

Eddins, Dwight. "John Fowles: Existence as Authorship." *Contemporary Literature* 17 (1976): 204-22.

Eliot, T. S. *Collected Poems* 1909-1962. New York: Harcourt, Brace and World, 1934.

Ellmann, Richard. Introduction. *New Oxford Book of American Verse*. Ed. Ellmann. New York: Oxford UP, 1976.

Empson, William. *Seven Types of Ambiguity*. London: Chatto and Windus, 1947.

Esslin, Martin. *Brecht: The Man and His Work*. 1959. New York: W.W. Norton, 1974.

Fowles, John. *The Aristos: Revised Edition*. Boston: Little, Brown, 1970.

---. *The Collector*. Boston: Little, Brown, 1963.

---. *The Ebony Tower*. Adapt. John Mortimer. Dir. Robert Knights. With Laurence Olivier and Roger Rees. [Granada UK 1984] Great Performances. PBS. WNET, New York. 8 Feb. 1987.

---. *The French Lieutenant's Woman*. Boston: Little, Brown, 1969.

---. Foreword. *The French Lieutenant's Woman: A Screenplay*. By Harold Pinter. Boston: Little Brown, 1981.

---. *The Magus*. Boston: Little, Brown, 1965.

---. *The Magus: A Revised Version*. New York: Little, Brown, 1977.

Franklyn, A. Frederic. "The Hand in the First (A Study of William Wyler's *The Collector*)." *Trace* (Spring 1966): 22-27, 101-07.

*The French Lieutenant's Woman*. Dir. Karel Reisz. United Artists, 1981. [The film is abvailable on videotape from CBS/Fox Video.]

Friedman, Norman. "Point of View in Fiction: The Development of a Critical Concept." *PMLA* 70 (1955):1160-84.

Gardiner, Harold C. "Some Summer Fiction." *America: National Cathoric Weekly Review* 27 July 1963:99.

Gessner, Robert. *The Moving Image: A Guide to Cinematic Literacy*. New York: E. P. Dutton, 1968.

Giannetti, Louise D. *Understanding Movies*. 2nd ed. Englewood Cliffs, N. J.: Prentice-Hall, 1976.

Gilder, Joshua. "John Fowles: A Novelist's Dilemma." *Saturday Review* Oct. 1981: 36-40.

Goldman, William. *Adventures in the Screen Trade*. New York: Warner Books, 1983.

"Guy Green Talks about *The Magus." Films and Filming* 15 (Jan. 1969): 59-69.

Hagopian, John V. "Bad Faith in *The French Lieutenant's Woman." Contemporary Literature* 23. (1982): 191-201.

Halpern Daniel. "A Sort of Exile in Lyme Regis." *London Magazine* ns. 10.12 (1971): 34-46.

Hardwick, Elizabeth. "Movies: *The Collector*, 'Gross is Everywhere.'" *Vogue* 15 Aug. 1965:52.

Hart, Henry. "Film Reviews: *The Collector." Films in Review* 16 (1965): 445-46.

Hartung, Philip T. "The Screen: One Man's Hobby." *Commonweal* 25 June 1965:446.

Hicks, Granville. "A Caliban with Butterflies." *Saturday Review* 27 July 1963: 19-20.

Himelstein, Morgan Y. *Drama Was a Weapon: The Left Wing Theatre in New York* 1929-1941. New Brunswick, N.J.: Rutgers UP, 1963.

Holmes, Frederick M. "The Novel, Illusion, and Reality: The Paradpx of Omniscience in *The French Lieutenant's Woman." Journal of Narrative Technique* 11 (1981): 184-98.

Huffaker. Robert. *John Fowles*. Twayne's English Authors Series 292. Boston: Twayne, 1980.

Hunt, Dennis. "Short Notices." *Film Quarterly* 22.2 (1969): 62.

"Is 'Once Enough' for Guy Green?" *Variety* 10 July 1974: 4, 13.

Jacobs, Lewis. "Movement: Real and Cinematic." *The Movies as Medium*. New York, Farrar, Straus and Giroux, 1970.

James, Henry. *The Future of the Novel*. Ed. Leon Edel. New York: Vintage, 1956.

Jinks, William. *The Celluloid Literature: Film in the Humanities*. Beverly Hills: Glencoe P, 1971.

Johnson, A. J. B. "Realism in *The French Lieutenant's Woman.*" *Journal of Modern Literature* 8 (1980-81): 287-302.

Kauffmann, Stanley. "Butterflies and Other Fliers." *New Republic* 19 June 1965: 26-28.

---. "An Imaginary Past." *New Republic* 23 Sept. 1981: 22-24.

Kennedy, Harlan. "The Czech Director's Woman." *Film Comment* 17.5 (1981): 26-31.

Klein, Joanne. *Making Pictures: The Pinter Screenplays*. Columbus: Ohio State UP, 1985.

Knapp, Shoshana. "The Transformation of a Pinter Screenplay: Freedom and Calculators in *The French Lieutenant's Woman*." *Modern Drama* 28.3 (1985):55-70.

Kotlowitz, Robert. "Films: Short Takes." *Harper's* March 1969: 110-11.

Lawson, John Howard. *Theory and Technique of Playwriting and Screenwriting*. New York: G. P. Putnam's, 1949.

"Looney Lepidopterist." *Newsweek* 21 June 1965: 96-98.

Loveday, Simon. *The Romances of John Fowles*. London: Macmillan, 1985.

The Magus. Dir. Guy Green. Twentieth-Century Fox, 1968. [The film is available on sixteen-millimeter from Films, Inc.]

May, Rollo. *The Courage to Create*. New York: W. W. Norton, 1975.

McKenzie, Barbara, ed. *The Process of Fiction*. New York: Harcourt Brace and World, 1969.

Murf [A. D. Murphy]. "The Magus." *Variety* 11 Dec. 1968: 32.

Murray, Michele. "Twentieth-Century Parable." *Commonweal* 1 Nov. 1963: 172-73.

Nadeau, Robert L. "Fowles and Physics: A Study of *The Magus: A Revised Version.*" *Journal of Modern Literature* 8 (1980-81): 261-74.

Nana, Ed. *Horrors: From Screen to Scream*. New York: Avon, 1975.

"New Movies: 'Orpheus Now.'" *Time* 20 Dec. 1968: 83.

Newquist, Roy. "John Fowles" in his *Counterpoint*. Chicago: Rand McNally, 1964.

Olshen, Barry N. *John Fowles*. Ungar Modern Literature Series. New York: Ungar, 1980.

Ottoson, Robert L. *American-International Pictures: A Filmography*. New York: Garland, 1985.

Pack, Richard. "The Censors See Red." *New Theatre* May 1935 1935:5-7.

Palmer, William J. "Fowles's *The Magus*: The Vortex as Myth, Metaphor, and Masque." *The Power of Myth on Literature and Film*. Ed. Victor Carrabino. Tellahassee: UP of Florida, 1980.

Petticoffer, Dennis. "Review of *The Magus: A Revised Version*." *Library Journal* 103(1978): 584-85.

Pickrel, Paul. "The New Books." *Harper's Magazine* Aug. 1963: 95-96.

Pinter, Harold. *The French Lieutenant's Woman: A Screenplay*. Boston: Little Brown, 1981.

---. *The Proust Screenplay*. London: Eyre Methuen, 1978.

Pound, Ezra. "A Few Don'ts by an Imagiate." *Poetry: A Magazine of Verse* 1.6 (1913): 200-06.

Prescott, Orville. "The Prisoner in the Cellar." *New York Times* 23 July 1963: 29.

Proust, Marcel. *Swann's Way. Remembrance of Things Past*. Vol. 1. Trans. C. K. Scotto Moncrieff. New York: Random House, 1934.

Pryce-Jones, Alan. "Obsession's Prisoners." *New York Times Book Review* 28 July 1963: 4, 12.

Rackham, Jeff. "John Fowles: The Existential Labyrinth." *Critique: Studies in Modern Fiction* 13.3(1972): 89-103.

Reisz, Karel. *The Technique of Film Ending*. London and New York: Focal Press, 1953.

Richardson, Robert. "Verbal and Visual Languages." *Film and Literature: Contrasts in Media*. Ed. Fred H. Marcus. Scranton: Chandler, 1971.

Rilla, Wolf. *The Writer and the Screen: On Writing for Film and Television*. London: W. H. Allen, 1973.

Roberts, Edgar V.*Writing Themes about Literature*. 4th ed. Englewood Cliffs, N. J.: Prentice-Hall, 1977.

Robinson, Robert. "Giving the Readers a Choice—a Conversation with John Fowles." *The Listener* 31 October 1974: 584.

Rubenstein, Roberta. "Myth, Mytery and Irony: John Fowles's *The Magus.*" *Comtemporary Literature* 16(1975): 328-39.

Sarris, Andrew. "Films." *Village Voice* 24 June 1965: 22-23.

Scholes, Robert. "The Orgastic Fiction of John Fowles." *The Hollins Critic* 6.5 (1969): 1-12.

Scruggs, Charles. "The Two Endings of *The French Lieutenant's Woman.*" *Modern Fiction Studies* 31(1985): 95-113.

Sheed, Wilfred. "Films." *Esquire* April 1969: 39-41.

Shivas, Mark. "Small Talk: Cannes." *Movie* 14(1965): 39-41.

Singh, Raman K. "An Encounter with John Fowles." *Journal of Modern Literature* 8 (1980-81): 181-202.

Stephenson, Ralph, and J. R. Debrix. *The Cinema as Art*. Middlesex, England: Penguin Books, 1970.

Taylor. John Russell. "*The Collector.*" *Sight and Sound* 34.4 (1965): 201.

---. "Review of the film of *The Magus.*" *Times* (London) 13 Nov. 1969:13.

Tracy, Honor. "Love Under Chloroform." *New Republic* 3 August 1963: 20-21.

Vale, Eugene. *The Technique of Screenplay Writing: An Analysis of the Dramatic Structure of Motion Pictures*. Rev. ed. New York: Grosset and Dunlap, 1972.

Vanderbilt, Gloria. "The Calm, Cool Logic of Insanity." *Cosmopolitan* July 1963: 26.

Verdenius, W. J. "Mimesis: Plato's Doctorine of Artistic Imitation and Its Meaning to Us." Vol. 3 of *Philosophia Antiqua*. 40 vols. Leiden, Holland: E. J. Brill, 1949.

Wade, Cory. "'Mystery Enough at Noon': John Fowles' Revision of *The Magus.*" *Southern Review*

15.3 (1979): 716-23.

Wagner, Geoffrey. *The Novel and the Cinema*. Rutherford: Fairleigh Dickinson UP, 1975.

Weitz, Morris. "T. S. Eliot: Time as a Mode of Salvation." *T. S. Eliot Four Quartets: A Casebook*. Ed. Bernard Bergonzi. New York: Macmillan, 1969.

Welty, Eudora. *One Writer's Beginnings*. Cambridge: Harvard UP, 1983.

Whall, Tony, "Karel Reisz' *The French Lieutenant's Woman*: Only the Name Remains the Same." *Literature/Film Quarterly* 10.2 (1982): 75-81.

Wolfe, Peter. *John Fowles, Magus and Moralist*. 2nd ed. Lewisburg: Bucknell UP, 1979.

Wright, H. Elliott. "Movies: Hocus-Pocus." *Christian Century* 22 Jan.1969: 126-27.

"Wyler's Workmanlike New Thriller." *Times* (London) 13 Oct. 1965: 13.

Youngblood, Gene. *Expanded Cinema*. E. P. Dutton, 1970.

# ガラードの分析理論と映像論の可能性
## ――あとがきにかえて

江藤　茂博

### 1

小説の書き手や語り手はどのような立場から世界を語っているのだろうか。そのことへの興味や関心は、もし自覚的な読み手であろうとするならば、当然生まれてくるものである。語られた物語世界に何の抵抗もなくわたしたち読者が引き入れられたとしても、そうした自覚的な読み手は作品の書き手あるいは作品内部の語り手の手口に感心しながら、その語り口のみごとさの謎に分析的な目を鋭く向けることになる。あるいは、あまりにつまらない小説の場合には、やはりその書き手や語り手の不手際に不満や怒りを感じ、本をゴミ箱に投げ捨てることになるだろう。もう少し寛大ならば、欠伸を繰り返しながら文字面を一生懸命に追うことになるかもしれない。もちろんその不手際を鼻で笑いながら読むような意地の悪い読書ばかりが続くわけではない。巧妙な語り手の懐にすっぽりと包み込まれる読書の楽しさもあるし、また同情的にそうなることもあるだろう。いずれにせよ、なるべくならば楽しい読書が出来るに越したことはないのである。

繰り返すと、書き手や語り手が思い描いたままの読者を演じきってしまう心地よさは確かにある。書き手や語り手という存在になんの注意を払うことなく物語世界に身を置くことは、たとえばスリリングなアクションドラマで手に汗を握りながら我を忘れて楽しむようなものだろう。しかしそうした至福の時が長く続かないのが、自覚的な読み手なのである。それは研究や批評の目と言い換えてもよいだろう。いずれにせよそうした研究や批評の目は、ともすれば作品中の語り手と実際の書き手である作者とを同一化してしまうことが多く、作品に関する好意や批判をその実作者に向けることになる。また、それが映画ならば監督に向けられることになるだろう。しかしここでは、作品の内部世界を語る機能項としての「語り手」と実作者や監督とは截然と区別するべきである。なぜなら、小説や映画についての研究や批評行為であろうとするならば、ある程度の分析批評理論を身につけなければならないと思えるからだ。

たとえば、アメリカの小説入門の大学教科書はそうした「語り手」について、小説理論や分析批評理論の問題として取り上げ、方法論として学生に学ばせているようである。チャールズ・ガラードによる本原著『Point of View in Fiction and Film』でも、そうした批評理論の概念がおびただしく紹介され引用が重ねられていた。特にここでは映画作品の構造を分析し小説と比較する方法として、小説の構造分析に使う「視点」と「語り手」という概念を応用している。後で詳しく触れることにするが、小説作品と異なって、映画作品は撮影のために当然ながらカメラを使っているので「視点」の顕在化は確かに容易い。「一人称」や「三人称」そして「全知」といった小説の「語り」の分類を、映画の撮影カメラによる、「視点」セッティングで生じる意味の「類別」にガラードは重ねたのである。つまり小説から映画にテクスト変換した場合の比較できる同水準の項目として「視点」と「語り手」をガラードは取り上げたのである。それが向う結論は、小説であれそれが映画化された作品であれ、移し替えの確認とそれぞれが自立した芸術作品であるということの認証というきわめて平凡なものなのだが、小説分析の概念である「視点」と「語り手」に依拠した分析は面白い。ただそれは、ときとして「語り手」を作者や監督に重ねてしまうことになってしまっていて、そうした意味ではテクスト論的な受容分析による解読の徹底さはここにはない。むしろ「小説家と映画監督が用いる建築ブロックはそれぞれ異なるものではあるが、両者の最終目標は、自分の見方に基づいて建築を作り出すことだ。どちらも創造者なのである。」（第一章）とガラードは言うことになる。さらに彼によると、脚本家とは、「映画の基本的な統辞論に直接適応できるような意味論的要素を小説から見つけ出し」「直接適応できない要素は、映画でそれに相当する要素に移し換えなくてはならない」。そして、「創造者」である監督は「移し換え」られた「要素は脚本の言語で表現されているだけ」なので、「この脚本をもとにして、その意味内容を」「映像を通して直接伝わるようにしなければならない」（第一章）と言うのである。つまり、統辞論的共通項を生みだす根源としての小説家と映画監督を上位概念に置き、その意図の現れが小説や映画の作品とする解釈学的スタイルがガラードの立場なのである。テクスト論的な徹底さがないというのは、こうした点からである。

## 2

もう少しガラードの理論に詳しく触れながら、彼による分析の概念そのものをここでは再検討してみようと思う。そうすることで、私の小説と映像に対する立場も明らかになる筈だ。小説と映画の差異について、先に確認したように解釈学的立場で映画を捉えるガラードはここでブルーストーンを援用しながら小説と映画のテクスト形成について分類する。ブルーストーンによると、小説の形成原理は時間であり、それに対して映画の形成原理は空間であるという。

ブルーストーンの主張によれば、映画は「取りあつかっている空間を並べるだけ」なので、思想を表現することができない。ここでブルーストーンは「〔小説と映画という〕二つのメディアを区別する有用な特徴」を示している。小説も映画も時間芸術であるが、「小説を形成している原理は時間であり」、それに対して「映画を形成している原理は空間なのである」。（第一章）

ここでは、こうした形成原理における時間と空間との対比を分類論証しているわけではなくブルーストーンの指摘をそのまま援用しているに過ぎない。こうした分類を受けて、小説テクストを映像化するということは、小説作品のなかにある空間の要素を取り出してそれを再構築するものだという認識が生まれている。特に空間を描く小説を、彼は映画的な性質を持つ作品としていた。

確かに、小説であれ映画であれ、その物語の空間性と結びつくものは「視点」の問題ともいえる。いずれにせよ語られた物語世界とはその「語り手」の「視点」から広がる空間のことでもあるといえるからだ。その「語り手」がいる位置とはいわば語られた空間の起点でもあり、それはある意味ではカメラのレンズと同じようなものである。そう考えることで、小説の「語り手」とカメラレンズが置換可能なものになるという認識が手に入るのである。そしてガラードは、「語り」の「視点」という文脈でテクスト変換の問題を検討することになる。

さきにブルーストーンからの引用を含んだ一章での箇所であるが、Fiction and film are both time arts, but "the formative principle in the novel is time" whereas "the formative principle in the film is space". (小説も映画も時間芸術であるが、「小説を形成している原理は時間であり」、それに対して「映画を形成している原理は空間なのである」) とあるのが私には少し気になるのである。映画が物語時間を持っているという意味では小説と同じである。しかし、映画には上映時間というものが必ずあって、その意味では映画は最初から二重の時間を持っているのである。それに対して、小説には文字数による計測がたとえ可能であったとしても、解読のための時間というものが読者共通のフォーマットとしてあるわけではない。読むのにかかる時間はひとさまざまなのである。また、経過というものがない、ある一瞬を描く映画作品は成立しにくい。

それは写真という領域で成立するものである。しかし、小説ではある一瞬のできごとについての記述を重ねていくことができる。もちろん、「語り」として記述を重ねることで、そこに解説のための時間が生まれることにはなる。しかし、それはあくまでも解読する側の時間であり、映画のようにテクストとして先験的に含む時間ではない。テクストが示すものがある一瞬のできごとでありながら、解説する側に時間が生まれるという意味では、それは写真の領域に近い小説テクストということになる。

最初期の映画のひとつである『アメリカ消防夫の生活』（監督エドウィン・S・ポーター／一九〇二）では、違った場所でのショットの組み合わせが必ずしも通時的に連鎖してはいない。しかし、そうした編集はその後の映像の物語性の表現方法を示すことになった。ここでは、火事の家の内部の出来事の時間が過ぎた後に、再び外部の出来事の時間として救出される前の時間まで戻ってしまっている。火事という緊迫した出来事を、現実の時間の流れとは異なったいわば繰返される時間を観客に向けることで表現したのである。ひとつの物語を描くための映画文法の出発であった。以後、時間の通時性にとらわれない映像の物語表現は続く。つまり、かならずしもコマの進行にそった通時性をもっていない映画における物語提示の時間の存在である。映画の原理を空間と呼ぶならば、このことを例とすることもできる。しかし、小説もまた必ずしも通時的に書かれているわけではない。映画の最初期からこうした表現が顕在化したのは、それがおそらく小説とも共有する物語時間の特性だからだろう。映画も小説も受容者側では、物語は通時的に再構成されるということが重要なのである。そして、小説と同様に通時的な時間に受容された物語時間に加えて、映画には、さらに上映時間がそこに重ねられる。それは、もちろん物語時間とは別の速度で重ねられる。映画ではこうした二重の時間のなかに観客は置かれることになるのである。

繰り返すと、映画は二重の時間に支配された芸術である。それに対して、小説には機械による上映時間がない。小説を読むために必要な時間というものは、かならずしも読む内容に影響を与えたりはしないのである。小説の時間にあるのは通時的に再編された物語時間だけだといってもよいだろう。しかも、先に示したように写真のように一瞬を描く小説テクストも可能なのである。しかし、小説にはない映画の上映時間というものは、物語時間の設定に影響するだけではなく、映像によるさまざまな記号を観客が授受することにも影響を与えることになる。上映時間によって物語られる時間には限界があるだろうし、再現された場面のさまざまな記号は受け留めかたに個人差が生まれる。もちろん、空間もそうした記号のひとつにすぎない。また、同じ上映時間内での一週間の物語なのか十年の物語なのかで、その物語の上映場面展開の速度がデジタル的に異なってくるだろう。スクリーンに映し出されたさまざまな記号は、それらがどの程度スクリーン上に記号として持続するのかで意味が変容することにもなる。そうした記号の持続とは、物語時間の問題というよりは映写による上映時間の問題である。物語とは無関係でありながらスクリーンに映し出されつづける像もあり、それが映画の物語に影響を与えないこともある。くどくなってしまったが、ここでは、映画は二重の時間に支配された芸術であり、小説がほぼ物語時間だけに支配されているのとは異なっていることを指摘したかったのである。言いかたを換えるならば、小説と映画はいずれも物語時間を持つことでは共通しているのだ。そして、繰り返しになるが、小説であれ映画であれ言語による物語の受容というレベルにおいては、受容者が再構築する通時的な物語時間こそが支配的になるのである。

また、そうした多数の記号のなかでも、空間とは「視点」の問題と結びつくものであり、起点としての「視点」からの広がりとして記号によって生まれたものを空間とすることができる。そのためにカメラアイを使っている映画のほうが、一つの場面の起点としてのカメラアイ＝「視点」が明確なので空間を取り出しやすい。「映画を形成している原理は空間なのである」というのは、そのことを指しているのだろう。小説の場合には、すべてが語られた言語表現であり、そのために「語り」の起点というものが存在することになる。つまり、登場人物が語る場合は、確かにその人物からの「視点」となる。物語全体の説明の「語り」の場合は、その物語の「語り手」によるものであり、それが内部的な存在であるのかあるいは外部的な存在であるのかは、語られた情報の量と質で判断していくことになる。もっとも外部的な存在としての「語り手」は、書き手である作家自身だとし、そこにすべての「語り」の起点を置いて済ますことも可能である。そうした様々な「語り」の起点を想定することで浮かびあがる小説の物語空間は、確に映画のカメラによる映像空間と相似的にとらえることが可能だろう。

そのように考えると、「小説も映画も時間芸術であるが、『小説を形成している原理は時間であり』、それに対して『映画を形成している原理は空間なのである』」というテーゼは、次のように言い換えたほうがよいのかもしれない。小説も映画も時間芸術である。ただし、小説を形成している原理は物語時間というひとつの時間であるが、映画を形成しているのは上映時間と物語時間というふたつの時間である。さらに、小説を形成しているもうひとつの原理は「語り」の「視点」からの空間であり、映画を形成しているもうひとつの原理はカメラの「視点」からの空間である。いうまでもなく、それらの「視点」は小説であれ映画であれ、全体の「語り」の「視点」からいうならば下位概念であると。この場合の全体の「語り」とは、それぞれのテクストの示し手による「語り」である。こうしたテーゼの組替えと補足とをおこなったとき、小説テクストを映像化するということは、小説作品のなかにある空間の要素を取り出してそれを再構築するものだという認識がガラードに生まれた理由がよくわかる。小説と映画の空間は、「語り」とその「視点」という物語構造を考えた場合に共通するものだからである。特に空間を描く小説を、彼は映画的な性質を持つ作品としていたのは、両テクストの最も比較しやすい点に注目したということなのである。それがブルーストーンを引用して組み立てられたテーゼとして、ガラードの論の前提をなしていた。

## 3

さて、ガラードの認識と分析のスタイルに踏み込みながら、彼とは異なった私の認識を書き進めてしまった。こうした差異を明らかにすることで、このガラードの著書を紹介する私のスタンスを明示したかったからである。また、このように私自身の小説テクストや映像テクストに関しての考察をここで試みることができたのも、私とは異質な立場と対面できたからであろう。そうした差異を明らかにしたうえで、次に、ガラードの具体的な分析に触れてみたいと思う。

この書ではファウルズの小説は三作品が取り上げられ、それぞれ映画化作品と比較されている。一九二六年英国エセックスに生まれたジョン・ファウルズは、幼時に熱中した蝶採集をうまく生かして処女作『コレクター』（一九六三）を発表し、高い評価を得た。その後『魔術師』（一九六五）を経て『フランス軍中尉の女』（一九六九）を発表する。技巧的でかつ観念的なファウルズの作風は、二十世紀後半の代表的な文学作品を生む。イギリスだけでなく世界中でいずれも高く評価され、数々の文学賞を受賞した。もちろん、同じ二十世紀の芸術である映画は、その作品を映画化しようと目論み、やはり評価の高い映画作品を生むことになる。それは、メディアを異にしていても、やはり同時代の物語テクストとしての構成的な相互性を含み持っていたことが、このメディア変換による質の劣化が見受けられなかった理由かもしれない。いや、劣化しないだけでなく、テクスト特性を強めた映像化がなされたということができる。

ここで取り上げられたファウルズの小説三作品は全て邦訳が出ていて、『フランス軍中尉の女』（訳者沢村灌　サンリオ　一九八二）の訳者自身による解説には、これらの映画化について簡単にまとめられているのでそれを引用する。そうすることで、ここで必要な翻訳や映画化についての概略を紹介して置くことにしたい。

『フランス軍中尉の女』（一九六九）は、たんに歴史に「借景」した現代小説とも言いきれない。百年をへだてた二つの時代を同時に取り込んだ作品である。ヴィクトリア朝から選ばれた一八六七年三月から六九年五月までと、ファウルズの執筆期間である一九六八年から六九年が相互に呼応し照射して、それぞれの生の状況を問うているのだ。これが、余談になるが、この作品の映画化を遅らせた一つの原因だろう。『コレクター』（一九六三）（訳者小笠原豊樹　白水Uブック上下　白水社　1984）と『魔術師』（一九六五）（訳者小笠原豊樹　河出海外小説選上下　河出書房新社　1979）は発表後にかなり早く映画化されたが、『フランス軍中尉の女』は何度となく映画化が試みられながら挫折していた。そして十年余り経過したのちハロルド・ピンターの大胆なシナリオをえて、はじめて実現した。つまり、映画の撮影と同時にチャールズとセアラを演じる男女の俳優の情事を進行させるという構成によって、すくなくとも二つの時代を並列して映像化することに成功したのであった。（沢村灌　『フランス軍中尉の女』「訳者あとがき」　株式会社サンリオ　1982）

さらに映画についていては、映画『コレクター』は一九六五年に、映画『魔術師』は一九六八年にそれぞれアメリカで制作公開され、映画『フランス軍中尉の女』は一九八一年イギリスで制作公開された。そしてすぐに日本でも劇場公開された。ただ、映画『魔術師』だけは七〇年代の末にテレビで昼間放映されたのみで日本での劇場公開はされなかったことを書き記しておくことにする。日本で劇場公開された『コレクター』と『フランス軍中尉の女』はいずれも当時評判になった映画作品であり、「キネマ旬報」のベストテンでいうと前者が外国映画で六位（一九六五）、後者が同じく八位（一九八二）であった。

この小説『フランス軍中尉の女』の訳者沢村灌は、映画化についても「何度となく映画化が試みられながら挫折していた。そして十年余り経過したのちハロルド・ピンターの大胆なシナリオをえて、はじめて実現した」という。そうしたいきさつの映画『フランス軍中尉の女』について、第四章の『フランス軍中尉の女』では、時間も空間も自在に移り変わりながら物語を語りそして時には中断する自由自在な「特権的な視点」を持つ小説の「全知の話者、あるいは特権的な語り手」を描くのが、「ファウルズのねらいであった」とガラードは指摘していた。ヴィクトリア朝と二十世紀の「現代」を自在に行き来しながら比較し説明するこの「語り手」の在りかたをガラードは「特権的な語り手」と呼んでいるのである。小説の構造に関してだけいうならば、「ファウルズは、小説家としての彼の存在を作中で感じさせ、舞台監督の役割は自分自身が担っている」とガラードは指摘する。小説世界に描かれた個々の時代空間を超えてはいるが、やはり作品世界内に登場する「小説家」としての「語り手」と、それを含めて全てを語る「全知の視点」としての「語り手」(ガラードはこの立場をファールズとする)とを分けて指摘しているのである。後者をファウルズ「自身」と呼ぶのは、解釈学的な認識だからであった。言うまでもなく、テクスト論的には両者ともそれぞれ解読上の概念であり、「語り」のレベルの層差でしかない。その「全知の視点」とはより上位の「語り手」ということになる。ただ、ここでガラードの概念区分に従うならば、それぞれの時代を超えた物語内部の「小説家」という「視点」と、さらにその上位レベルにある「小説家ファウルズ」という「全知の視点」とを、いかに映画テクストとして小説テクストから移し変えることができたのかを彼は問うているのだ。その答えとして、ハロルド・ピンター脚本そしてカレル・ライス監督映画『フランス軍中尉の女』では、小説と同じような「視点」の構造を表現できたという。「一九八一年の、ハロルド・ピンター脚本、カレル・ライス監督の映画『フランス軍中尉の女』では、画面に登場する人物や画面に現れないヴォイス・オーヴァーによってではなく、客観的な視点と一人称、三人称の視点を結びつけて、スティーブンソンとデブリックが「中間のショット」と呼ぶカメラの動きによって、小説の全知の視点を表現している」(第四章)とガラードはいう。その「視点」の重なりによって「全知の視点を表現している」ことこそが優れたメディア変換なのだとガラードは考えている。この『フランス軍中尉の女』だけでなく、その他の映画についても、原作小説の「視点」のありかたと映画の「視点」のありかたとを比較し、その変換のありようについて論じていた。結論としては最終章に「語りの視点という文脈のなかで、それぞれの小説の具体的な構造上の要素と、それらの要素に対応する映画的表現を検討することによって、小説から映画への表現の変換の仕方と、その表現様式が、適切なだけでなく、芸術として成功していることを示してきた」（第五章）とまとめている。

## 4

小説で「全知の視点」をもつ「語り手」は、比較的容易に作者という概念と結びつくかもしれない。もちろんそれは実体としての作者という意味ではない。語られたものごとから辿ることができる「語り」の起点というものが、物語世界内部の像としてはどこにも描かれることがないからである。物語世界外部の「語り」の起点、それを書き手と呼んでも、あるいは作者の名前で呼んでも構わないだろう。ただ、その「語り」が言語表現によるそれである限り、その起点には人間あるいは人間的な何かが存在していて、そこからのまなざしというものをイメージさせることになる。簡単に言うならば、テクストを読むことで生まれる「語り」の「声」がそうしたイメージを喚起させるのである。

それに対して、映像の「語り手」に「監督」という概念や監督の具体的な名前を結びつけることもできる。しかし、そうした言語表現による「語り」と異なり、カメラアイによる映画の「語り」は、撮影のためのカメラという機械によるものである。さらに、それらがモンタージュされたものによるのである。ただ、その「語り」は、人間からのまなざしという主観的なイメージを拒否する。そこにあるのは再現であり、その再現された映像から幾つかの情報を選択し、受容者がそれらを「語られた」ものとして再構成することになる。モンタージュがなされていないサイレントの場合にこのことはよくあてはまる。確かに、モンタージュによって、いく分か「語り」に近くなる。そして、トーキーの場合はさらに小説の「語り」に近くなる。登場人物がそれぞれ語りだすからだ。また、ヴォイス・オーヴァーがそこに使われるともっと小説のそれに近くなるだろう。それでも、そうした小説的な「語り」に加えて、受容者である観客は無数の映像音響情報からも「語られた」ものを映画の場合は再構成することになる。そうした受容のありかたについては、映像音響情報の再構成に受容者が積極的に関与しなければならない作品から、自ら再構成していることをほとんど意識させないそれまでさまざまだろう。しかし、たとえ意識させない映画であっても、その「語り」が映像音響情報によるものである限り、その起点が人間的な何かであると受けとめたり、そこからのまなざしというものをイメージさせるということにはなりにくい。繰り返すと、その「語り」が、人間からのまなざしというイメージを拒否してしまうのは、再現された映像情報を差し向けるカメラアイや音響情報を差し向けるマイクその他によるものだからである。それは、たとえ登場人物の誰かの視点からの映像が示されたとしても、それが他の映像や音響と組み合わされたとたん、その映像の「語り」からは人間のまなざしというイメージは薄められたり、あるいは消え去ることになるのである。つまり、映像の「語り」の起点に位置する「語り手」に人間あるいは人間的な何かを重ねることには、少し無理があるのではないだろうか。たとえヴォイス・オーヴァーを映像に組み込んだとしても、その映像はその「語り手」のまなざしではなくやはりカメラによるものなのだ。つまり、映像の「語り」については、「語り手」の性質から、小説と全く同じ構造だということにはならない。

では、映像の「語り」とはなんであろうか。受容者である観客が積極的にあるいは消極的に関与する物語受容とは、映像や音声や音響などのさまざまな情報を差し向けられたテクスト解読の場に生じるテクスト生成である。確かに、フィルムやビデオの編集にも関わる監督を全体の製作者として、その意図の反映を設定することもできるだろう。しかし、その「語り」は最初からレンズを通したものであり、カメラマンの目がそこに重ねられていたにしても、モンタージュされたならば、もうそれを誰か特定のひとの目とすることはできないのである。またモンタージュされなかったとしても、カメラアイは感情で対象をとらえることはできない。確に、感情はモンタージュによって作り出されるかもしれない。しかしそれは、ひとの目＝感情を通したものとは根本的に違うのである。映画や映像の最上位の「語り」（全体の語り手によるもの）の起点を小説の場合と同じ意味で「視点」と呼ぶには、あまりにも示されるものに違いがあることを繰り返し指摘してみた。ここでは論点を明確化するために、テクスト生成における受容側、つまり解読するのが人間であるということは、とりあえず、除外している。それを前提とするならば、もう、映画や映像の「語り」は非人性的なものなのであると明確に言い切ってもよいだろう。さらにそこに、映画や映像の「形成原理」としての上映時間と物語時間が重ねられることになる。それが映画論や映像論のいささかやっかいな「語り」とそこで物語られる構造である。その面白さに惹き付けられて幾つかの試みを私自身もこれまで重ねてきた。

さて、ガラードのこの仕事はあえて映画や映像の「語り」を「視点」の問題とし、そこから顕在化できる「空間」に注目した。そこから原作小説とその映画化作品とを比較したものであった。そうしたストレートな比較にも、メディア変換の面白さというものが十分に指摘されている。

＊　＊　＊

最後に本著はPeter Lang社の「AMERICAN UNIVERSITY STUDIES」のシリーズの一冊であるCharles Garard著『Point of View in Fiction and Film』の全訳である。本書によると、著者Charles Garardはジョージア州アトランタにあるモリス・ブラウン大学のコミュニケーション学部英文学アシスタント・プロフェッサーであり、彼はこれまで創作文芸、文法、文学、映画研究、メディア論などを教えてきた。小さな街の劇場経営の家に育ち、ミズーリ州セント・ルイスの二つのチェーン劇場で働き、その後、新聞記者になる。それから研究生活に入り、イリノイ州カーボンディルにある南イリノイ大学よりPh.Dを取得した。この著書は、たぶん学位論文か大学の講義用のテキストなのだろう。学術系の映画研究としては、記号論やナラトロジーと結びついた映画論が多く紹介されているなかで、解釈学的な文芸研究を踏まえたものとしての特色がここにはあると思う。

翻訳にあたっては、最初に私が一章を訳出し、それを踏まえてそれぞれが各担当章を訳した。さらに私が全体を監修・調整した。したがって、本書の訳全体の責任は私にある。各章の担当にはイギリス文学や文化の関係を専門とする友人たちにお願いした。ファウルズの小説については私自身も以前からの読者であり関心もあったが、それを専門としてこれまで考えてきたわけではない。そうした理由から、共同作業というかたちをとったのである。これを機会にあらためてファウルズの小説を読み直してみた。時代や空間を重層させたなかでの登場人物の心理の揺れに近代人の存在というものの危うさが巧みに描かれていて、やはり、再び魅了されてしまうことになってしまった。こうしたファウルズ再読の機会が持てたことはなによりの喜びだった。担当は、江藤茂博（一章とあとがきにかえた小論）、中村真吾（二章）、片田一義（三章）、藤崎二郎（四章）、榊原理枝子（一章と五章）である。また出版の機会を与えてくださった松柏社社長森信久さんおよび編集の里見時子さんにはとても感謝しています。

## 訳者紹介

監・共訳

**江藤茂博**（えとう　しげひろ　文芸・映像・メディア論）

一九五五年　長崎市生まれ。立教大学大学院博士課程後期満期退学。現在、十文字学園女子大学教員。主な著書に『映像批評の方法』、『「時をかける少女」たち』などがある。

共訳

**中村真吾**（なかむら　しんご　イギリス文学）

**片田一義**（かただ　かずよし　イギリス文学）

**藤崎二郎**（ふじさき　じろう　政治思想・芸術論）

**榊原理枝子**（さかきばら　りえこ　イギリス文学）


# ジョン・ファウルズの小説と映画
## ――小説と映像の視点

二〇〇二年二月十五日　初版発行

著　者　チャールズ・ガラード

監　訳　江藤　茂博

発行者　森　信久

発行所　株式会社　松柏社

〒一〇二―〇〇七二　東京都千代田区飯田橋一―六―一

電話　〇三（三二三〇）四八一三（代表）

ファックス　〇三（三二三〇）四八五七

Eメール　shohaku@ss.iij4u.or.jp

製版・印刷・製本　株式会社　モリモト印刷





ISBN4-7754-0005-3

定価はカバーに表示してあります。